メディアワークス文庫

氷の侯爵令嬢は、魔狼騎士に甘やかに溶かされる

越智屋ノマ

JN070034

目　次

第1章　すべて失くした、その先は――？

「エリーゼ・クローヴィア。君との婚約を破棄する」

王太子に一方的に宣告されて、私は微《かす》かに眉をひそめた。

ここは、私の父・クローヴィア侯爵の執務室。部屋にいるのは王太子殿下と私、そして父の三人だけだ。殿下と父はいくつかの事業を共同で営むパートナーなので、殿下が執務室にいらっしゃるのは珍しいことではない。……とはいえ、いきなり呼び出されて〝婚約破棄〟だなんて、予想もしていなかった。

私は静かに淑女の礼をして、アルヴィン殿下に問いかけた。

「アルヴィン・エルクト・セラ＝ヴェルナーク殿下にお尋ね申し上げます。殿下と私との婚約は、王命にて幼少時より定められていたものです。それを破棄とは、いかなるご事情でしょうか？　仔細《しさい》の説明をお願い申し上げます」

ふん、と不快そうに鼻で笑って、アルヴィン殿下は銀灰色の髪を掻《か》き上《あ》げた。端整な顔立ちには嘲りが色濃く浮かんでいる。

「それだよ、エリーゼ。君のその取り澄ました態度が、不快でたまらないんだ。君には、人間的な温《ぬく》もりがない。色の薄い金髪も、冬空のような碧眼《へきがん》も、白磁の肌もすべて造り物めいている。君みたいな不気味な女を、妻にしたくない」

言葉を失う私のことを、実父のダリウス・クローヴィア侯爵が意地悪な顔で眺めていた。

「分かったか、エリーゼ？　お前は高慢で不愛想だから、殿下に愛想を尽かされてしまったのさ。少しは反省したらどうだ？」

血のつながった父の言葉とは思えない。父が私を愛していないことくらい、昔から知っていたけれど……。

言葉を失う私を見やって、アルヴィン殿下は冷たく笑っていた。

「これだけ非難されても、涙のひとつも見せないとは恐れ入ったよ、エリーゼ。やはり君のように冷たい女は、王太子妃としてふさわしくない。僕に愛されるべきなのは、〝彼女〟のような女性だ。──おいで、ララ！」

アルヴィン殿下が声を投じると、義妹《いもうと》のララが晴れやかに笑って入室してきた。ララの後ろには、ララの実母──クローヴィア侯爵夫人が控えている。

「アルヴィンさまぁ！」

ララは十七歳だというのに、幼子のような態度で殿下に甘えて抱きついた。殿下は、ララの蜂蜜色の髪を愛おしそうに梳《す》いている。

一歳年下の義妹ララと私は、血のつながらない姉妹。私の母が亡くなった直後に、父は平民階級の女性と、連れ子のララを侯爵家に迎えた。……どうやら私の母が生きていた頃から、父はララの母と深い関係にあったらしい。ララたち母娘《おやこ》を溺愛する一方で、父は常に私を冷遇し続けてきた。

「アルヴィンさま。本当にわたしをお妃《きさき》さまにしてくれるの？」

「もちろんさ」

ララは愛らしい顔にとろけるような笑みを浮かべて、殿下の胸に抱かれている。そして彼女は、勝ち誇った目でちらちらと私を見ていた。

——なんなのかしら、この茶番は。

完全な孤立状態だったけれど、私の頭は、むしろ冷静になっていた。

「婚約破棄を受諾してくれ、エリーゼ。君のご両親も、僕とララの婚約を切望している」

「理解できません。私が王太子妃の座を辞退するのは構いませんが。しかし、私の大聖女内定者としての役割はどうなるのですか？」

私はアルヴィン殿下の婚約者であると同時に、大聖女となる運命が定められている。

左胸に聖痕を持って生まれた私は、大聖女内定者だ。この大陸では、各国家に数十年にひとりの頻度で聖痕持ちの女性が誕生する——女神アウラの代行者である〝聖痕持ちの女性〟は、各国家の大聖女として民を支えることが義務付けられているのだ。

そしてこのヴェルナーク王国では、聖痕持ちの女性……つまり大聖女内定者は、王太子妃になる日に大聖女に就任するよう定められている。

「もちろん大聖女の座も、ララに譲ってもらうよ？」

「……っ⁉」

私は、戸惑いを隠せなかった。

「何を言っているのです？　私の胸に宿ったこの聖痕を、殿下は無視するのですか。それに、大聖女は国の治安に関わる重要な職務です。お遊びで務まるものではありません！」

「君は大げさだ。大聖女なんて、ただのお飾りじゃないか。中央教会で祈りを捧《ささ》げて、民の精神的な支えになるだけの簡単な仕事さ。魔獣討伐も瘴《しょう》気《き》の浄化も、実務はすべて下位の聖女たちが行っているんだから！」

アルヴィン殿下とクローヴィア家の家族たちは、声を上げて嘲笑していた。

「殿下、あなたは本気でそんなことを言っているのですか？」

どうやら、この人たちはとんでもない誤解をしているらしい。

この国を支える大聖女の座は、絶対に私が守らなければ……。そう決意して、私は自分の左胸に手を当てた。この聖痕は、大聖女となる者の証《あかし》。私のたったひとつの、存在意義。

「私は絶対に、大聖女の座をララには譲りません！　聖痕を宿した女が大聖女になり、王太子妃となる――それがこの国のルールです。アルヴィン殿下の一存で変えられるものではありません！」

「そう。その聖痕とやらのせいで、いろいろと面倒なんだ。だから、君の聖痕をララに譲り渡すことにした。ララが聖痕さえ持っていれば、父上も教会も文句など言えないのだから」

聖痕を譲る？　……理解できない。肌に宿った聖痕を、どうやって他人に譲れというのだろう？

でも、殿下たちは余裕のある態度で、意味深な笑みを浮かべている。その沈黙が、怖かった。この人たちは、いったい何を考えているの？　恐怖に一歩後ずさった私のことを、唐突に両親が取り押さえた。

「な、何をするのですか、放してください。お父様、お義母様《かあさま》！」

「暴れるな、エリーゼ」

「そうよ、殿下の儀式が終わるまで、じっとしていなさい」

――儀式？

妹が、可憐《かれん》な顔を邪悪な色に染めて私の目の前に立った。

「お義姉様《ねえさま》の聖痕を、わたしに頂戴？　いいでしょ？　いつもなんでも、わたしに譲ってくれたんだから」

「何を言っているの⁉」

義妹は、私の襟に手をかけた。そのまま強引に、私の胸元を開こうとする――。

私は羞恥に身をよじろうとした。しかし、両親がそれを許さない。きつく両腕を押さえ込まれ、身じろぎできなくされていた。

「何をするの！　やめなさい、ララ！」

「お義姉様って、こんなときでも偉そうなのね。……わぁ、ほんとに胸に、バラみたいな赤いアザがある。そのアザがなくなったら、お義姉様ってどうなっちゃうのかなぁ……あはは。楽しみ！　アルヴィンさまぁ、お願いします」

ララは一歩さがってアルヴィン殿下に声をかけた。

素肌を晒《さら》された屈辱感と、何が起こるか分からない恐怖。常軌を逸した状況に、私はすっかり混乱していた。そして、殿下の手に不気味な短刀が握られているのを見て、さらに大きな恐怖に呑《の》まれた。

「……っ、殿下⁉」

殿下の手の中で、深紅の刃《やいば》がぎらりと光る。アルヴィン殿下は嗤《わら》っていた。

「殺しはしないよ。ただの魔導具だ――古王家の墓地に遺《のこ》されていた古文書を解読して再現した、僕のお手製の古代魔導具さ」

ひぅっ、と恐怖でひきつった私の喉に、殿下はぴたりと刃を突きつけた。

「この短刀は、魔狼《まろう》の骨から削り出して、バジリスクの血を吸わせた研磨布で仕上げた物だ。大聖女の聖痕を奪い取り、ほかの女性に移譲することができるらしい。どうやら今も昔も、不適格な大聖女から聖痕を回収したいと願う人間がいたようだね……君には、実験台になってもらおう」

殿下はそのまま、すぅっと切っ先を胸元へと這《は》わせていく。肌は裂かれなかったけれど、吐き気のするような濃密な魔力が魔導具から流れ出ているのが分かった。

――怖い。やめて。誰か、助けて。

いろんな言葉が喉の手前でぐるぐると渦巻くばかりで、一言の悲鳴も漏れなかった。抗《あらが》いたくても抗えない。もし「助けて」と叫んでみても、絶対に誰も助けてくれない。

やがて〝儀式〟とやらが済んだらしく、アルヴィン殿下は短刀を私から離した。殿下の指示を受け、両親が私の戒めを解く――私はがくりと脱力して、その場にうずくまっていた。

「えぇ～、もうおしまいなの？　このまま殺すのかと思ってたのに！」

無邪気な口調で残酷なセリフを口にする義妹の声を、私は虚《うつ》ろに聞いていた。

「これが、この短刀の正しい使い方なんだよ。さぁ、この短刀はララに預けよう。肌身離さず持っておくんだ」

「わぁ、嬉《うれ》しい！　アルヴィンさま大好き」

ララは、プレゼントを受け取ったみたいにはしゃいでいた。一方の私は、どんどん意識が暗く沈んで……姿勢を保っていられずに、そのまま床に倒れ込んだ。

「ララ。エリーゼから聖痕を奪ったことは、誰にも言ってはいけないよ？　この技術は、古王家の遺した古文書だけに記された特別なもの。僕だけが解読に成功した、唯一無二の古代魔導具なんだ。……だから、父上も教会関係者もこの技術を知らない。もし口外すれば、僕らの身の破滅を招くことになる。分かったね？」

「はぁい！　絶対に内緒にしま～す」

「クローヴィア侯爵、エリーゼの処分を頼む。古代魔導具の影響で〝今の出来事〟はすべて忘れてしまうから、命を奪えとまでは命じないが。面倒事を避けるためにも、世間から遠ざけておいてくれ」

「かしこまりました。大聖女の力がなぜか突然消えたため、ショックで精神を患った――ということにいたします。精神療養という名目で、領内のはずれにある屋敷《やしき》に隔離しておきましょう。エリーゼはもう二度と、表舞台には出しませんのでご安心を」

悪夢のような会話を聞きながら、私の意識は闇の中に沈んでいった……。

＊

私は、自分の部屋のベッドで目を覚ました。

恐ろしい目に遭った気がする……でも、何があったか思い出せない。父の執務室に呼び出されて、王太子から婚約破棄を言い渡されたのは覚えているけれど……。

「あら。目が覚めたのね、お義姉様」

唐突にララの声が響いた。彼女は、勝手に私のクローゼットを開けてドレスを物色していた。

「ララ……勝手に私の部屋に入って、何をしているのかしら」

私が低い声でそう尋ねても、ララはドレスを漁《あさ》り続《つづ》けていた。

「もうじきお義姉様のお部屋じゃなくなるわ。お義姉様は、この屋敷から出ていくんだもの！」

「私が屋敷を出る……？」

「そう。だって、お義姉様は心を病んでしまったんだもの。うふふ、かわいそうなお義姉様。片田舎のボロ屋敷で、ゆっくりご静養するのがお似合いね」

あはは、と軽やかにララは笑い出した。

「心を病む？　なんの話をしているのか分からないわ、ララ」

「あら。ついさっきのことなのに、もう忘れたの？　お義姉様は聖痕を失《な》くしたショックで、みっともなく取り乱していたじゃない？」

「聖痕を失くした？　……私が？」

首を傾《かし》げる私を嘲りの目で見つめながら、ララは自分のドレスの襟元を開いた。左の胸元が露《あら》わになる――ララの鎖骨の少し下あたりの皮膚になぜか、くっきりと大聖女の聖痕が浮かんでいた。

「……聖痕!?　どうして、ララに聖痕が……」

「さぁね。お義姉様の聖痕が消えたすぐあとに、なぜかわたしの胸に聖痕が宿ってたのよ？　きっと聖痕も、お義姉様のことが嫌いだったんじゃないかしら」

――そんな。

私は、おそるおそる自分の左胸を確認してみた。

生まれたときから肌にあったはずの聖痕が。なぜか、消《き》え失《う》せていた。

*

そこから先は、あっという間。聖痕を失った私は大聖女内定者ではなくなり、同時に王太子との婚約が解消された。

父は「お前のような娘はクローヴィア侯爵家の恥だ！　二度と顔も見たくない」と騒ぎ立て、領内の古い屋敷に私を追いやることを即決した。ララの言う通り、〝精神療養〟という名目だった……私は、精神を病んだことにされてしまったのだ。

私に拒否権なんてない。

どうして私の聖痕は、いきなり消えてしまったの？　——聖痕のことを考えようとすると、頭がぐちゃぐちゃになって吐き気がしてくる。

古い屋敷に向かう手配が済むまでの数日間、私は自室で軟禁状態にされていた。義妹のララは、何度も何度も私の部屋を訪ねてくる。そして、自分がいかに王太子から溺愛されているかを自慢し続けた。

「アルヴィンさまと結婚できるなんて、わたしって本当に幸せ。アルヴィンさまもすごく喜んでくれていたわ！　冷たくてつまらない〝氷の令嬢〟じゃなくて、かわいくて朗らかなわたしを妻にできて嬉しいんだって」

——氷の令嬢？

私の蔑称だということは容易に理解できたけれど。そんな呼ばれ方は、初耳だ。

くすくす笑いながら、ララは説明を加えてきた。

「知ってた？　アルヴィンさまったら、お義姉様のこと昔から〝氷の令嬢〟って呼んでいたのよ。態度も表情も冷たくて、氷みたいだからって。『氷の令嬢は、造り物みたいで気持ち悪い』って、いつもいつも言ってた！」

私のいないところで、ララとアルヴィン殿下は私を氷の令嬢呼ばわりして笑っていたらしい——でもそんなこと、別に今さらなんとも思わない。

私が為《な》すべきことは、怒って反論することでも、傷ついた顔をララに見せることでもない。

「あぁ、早くアルヴィンさまとの結婚式の日が来ないかなぁ」

「ララ。その話は、さっきも聞いたわ」

私は、静かな声でララを遮った。

「そんなことより、大切なことを聞いて頂戴。大聖女の仕事を少しでも理解しておかないと、これから大変よ」

大聖女になる資格を失くした私が、この国のためにできるせめてものこと。それは、少しでもララを教育して、大聖女としての務めを果たせるようにすることだ。

「まずは国内すべての聖女と聖騎士の能力と、魔力の特性を把握すること。そして——」

私はララの手を取って、彼女を見つめて話し続けた。ララは不愉快そうに顔を歪《ゆが》めていたけれど、私は説明を止める気はない。

「都市部に溜《た》まった瘴気はすぐに発見できるけれど、森の奥に瘴気溜まりができるととても厄介よ。だから――」

「……触らないでくれる？」

ララは私の手を振り払い、忌々しそうに舌打ちをした。

「みじめなエリーゼ。素直に、泣いてくやしがればいいのに！」

吐き捨てるようにそう言うと、ララは私の部屋から出ていってしまった。

＊

数日後。私が侯爵邸を去るとき、エントランスで父と義母が最後の言葉をかけてきた。

「お前には最後まで失望しっぱなしだったよ、エリーゼ。美しいのは見た目だけ。お前はいつも冷たくて強情で、妹やアルヴィン殿下を愛する努力さえしなかった」

「さようなら、エリーゼさん。あなたのお顔を二度と見ないで済むと思うと、とても嬉しいわ」

ふざけないで！　と怒って叫びたいような衝動に駆られた。……でも、やめておく。感情を露わにしたら、きっとこの人たちは勝ち誇ったような態度をとるから。この先の人生に絶望しか見いだせそうもなかったけれど、クローヴィア家の彼らと今後会わずに済むのなら、放逐されるのも案外悪くないかもしれない。

だから私は、背筋を伸ばしてこう言った。

「ごきげんよう。お父様、お義母様」

最後まで愛想のない娘だ、と嘆かわしげな口調で父は言う。嘲るように義母は笑う。

この人たちのこんな態度は、これまで毎日のように見てきた。だから今さら何とも思わないし、別に傷ついたりしない……傷ついたり、してはいけない。

両親に一礼してから、屋敷の外に出る。馬車停《ばしゃと》め場《ば》に向かった私を、ララが後ろから呼び留めた。

「あら、出発なのね、エリーゼ」

ララは私を〝お義姉様〟と呼ぶのをやめたらしい。かわいらしい顔に、ねっとりとした敵意を色濃く浮かべているララ。……私は、もう、あなたなんて見たくない。

「あなたが見送りに来てくれるなんて、意外ね。もう二度と会うことはないと思っていたもの」

「あら。たまには会いに行ってあげるわよ？　……だって、見たいじゃない？　牢屋《ろうや》みたいなボロ屋敷に閉じ込められて、おばあちゃんになるまでひとりぼっちで暮らすエリーゼの姿」

「あなたはこれから忙しくなるだろうから、わざわざ私を眺めに来なくてもいいわ。国母として大聖女として、あなたが国を導けるように祈っています」

そう答えた瞬間、ララはイライラし始めた。

「……あんたってさぁ！　ほんと偉そうだよね。お高くとまるのも大概にしたら？」

ララはいきなり距離を詰めて、私の耳にささやきかけた。

「――みじめな負け犬さん。あんたは、いつも堂々と振る舞ってるけどさ。本当はいつも、心の中で泣いてるんでしょ？」

ずきり。と。胸を貫かれたような衝撃を覚えて、私は戸惑う。

ララは勝ち誇ったように笑った。

「かわいそうなエリーゼ。あんたの味方なんて、この世にひとりもいないのよ？　どんなに清く正しく生きても、だーれも助けてくれないの。あんたは、ひとりぼっちなんだから」

私は、よろめきそうになった。

でも、ここで気弱な姿を見せたら、本当に負け犬になってしまう気がする。

「ごきげんよう。ララ。お見送り、ありがとう」

かつり、かつりと一歩を踏みしめ、私は馬車に乗り込んだ。振り返らない、もう二度と、義妹にも両親にも会いたくない。

「さようなら」

誰に聞かせるつもりもない「さようなら」は、屋敷で過ごした日々に向けての別れの言葉。生まれてから十八年、かなり長い時間を私はこの屋敷で過ごしたのだ。つらいことのほうが多かったけれど、すてきな思い出だって、この屋敷にはある。たとえば、亡くなった実のお母様と過ごした、優しい日々。

……アルヴィン殿下の妹であるミリアレーナ王女殿下がこの屋敷にいらして、楽しそうに過ごしてくださったのもいい思い出だ。私より四歳年下のミリアレーナ様は、屈託のない笑顔で私を〝お姉様〟と呼んでくれた——王太子の婚約者ではなくなった今、私は彼女の〝姉〟にはなり得ないけれど。

温かい思い出もつらい日々も、全部この屋敷に置いていく。

馬車が走り出した。

ひとりぼっちの馬車の中。私は、震えが止まらなくなっていた。

＊

馬車に異変が起きたのは、出発してから半日ほどのこと。

がたん、と大きな音がして、馬車に衝撃が走る。馬のいななきが耳に刺さった。

「どうしたの？」

「お、お嬢様、申し訳ありません。馬車が脱輪してしまい……」

老年の御者が、おろおろしながらそう答えた。すでに日は傾きかけており、時間がかかると真っ暗になってしまう。森がすぐそばにあるので、長居していると獣に狙われる危険もある。

御者は慌てて修理を始めたが、手元が暗くて作業が難しそうだった。

「――〝照らせ《illuminare》〟」

私は馬車を降りて呪文をささやき、手元に小さな光を浮かべた。

「松明《トーチ》の魔法なら、お役に立てるかしら」

松明の魔法は、聖女が扱う初級魔法のひとつ。私が目指し続けてきた〝大聖女〟は、あらゆる聖女の頂点に立つ聖女だ。だから私も当然、一般の聖女と同等の魔法を使うことはできる。

「光のおかげで手元が明るくなりました。ありがとうございます、お嬢様」

「他にもできることはある？　私も手伝うわ」

松明の魔法は周囲を照らすだけでなく、野生動物を遠ざけるのにも効果的だ。私はできる限りのことをして、御者の修理を手伝っていた。――でも、そのとき。

森の奥から、ぞわりと嫌な気配がした。

振り返ると、金色のぎらついた眼《め》が、暗い森の中からこちらを見つめていた。一匹や二匹ではない。十、二十……。

「ひぃ！」

御者が悲鳴を上げて、護身用のナイフを取り出した。

金色の眼の持ち主が、森からぬっと姿を現す。ただの獣ではない――これは、

「……魔獣⁉」

姿を見せたのは銀色の毛並みの、黄金に光る眼を持つ狼だった。普通の狼より、体はふた回りほど大きい。魔狼と呼ばれる魔獣で、森の奥深くで瘴気を吸った狼が魔獣化した姿だと言われている。

「……魔狼の群れが、なぜこんなところに？」

大森林の奥深くを住《す》み処《か》とする魔狼たちが、森の出口付近で群れをなすなんて普通ならあり得ない。でも、それより問題なのは……魔狼たちがこちらを狙っていることだ。

ひときわ大きな一頭が、跳躍して馬車の上に乗り上がった。御者は悲鳴を上げて、恐怖のあまりナイフを取り落としてしまった。そのナイフを、すかさず私が拾う。

でも、ナイフなんかで魔狼と戦える訳がない。

「……あなたは、逃げなさい」

押し殺した声で、私は御者にそうささやいた。

「え⁉」

「魔狼は若年女性の血肉を好むの……肉質がまろやかだから。それに私は聖女としての魔力も持っているから、魔狼にとって最高の餌に見えているはずよ。あなたは、逃げなさい。巻き添えで命を無駄にしてはいけません」

「で、ですが……お嬢様ぁ……」

真っ青でガタガタ震えている御者は戦闘要員にはなり得なかったし、彼には帰りを待つ家族がいることも知っている。

「大丈夫。これでも私は、魔獣の討伐に何度も参加したことがあるのよ。魔狼の性質もよく理解しているから、私はひとりで大丈夫。むしろ、あなたが逃げてくれたほうが、上手《うま》く立ち回れると思うから」

私が言ったことの半分は本当で、半分は嘘《うそ》だ。大聖女になるための鍛錬を十一年も積んできた中で、魔獣の討伐経験はある。でも、『ひとりで大丈夫』というのは、真っ赤な嘘だった。

討伐の際、聖女が単独で魔獣と対峙《たいじ》することはない。常に聖騎士と隊を組んで行動するのが、魔獣討伐の鉄則だ。聖女が扱えるのは、基本的には回復魔法と補助魔法だけ――攻撃魔法は使えないのだから。

でも、そんな事実を御者に明かす必要はない。

「逃げなさい。守られるべきは、私ではなくあなたです」

これ以上の会話は無用だった。

私は最大の強さで松明の魔法を両手に灯《とも》した。目眩《めくら》ましには、ちょうどいい。

そして、御者とは反対方向に駆け出していた。

地鳴りのような咆哮《ほうこう》を幾重にも上げながら、魔狼たちが迫ってくる。まだ、全力で襲いかかってはこない。獲物を嬲《なぶ》って、弱らせてからむさぼり喰《く》うのが魔狼の習性だ。

少しでも魔狼を私に引き付けなければ。決して、人里に近寄らせてはいけない……でも、私ひとりでどこまで時間が稼げるだろうか。

私ひとりでは魔狼を倒すことなんてできない。そもそも聖女は戦闘のプロではないし、聖騎士に守られながら後方で補助や回復に徹するのが本来の在り方だ。

聖女は聖騎士とは違って、攻撃魔法を扱えない。……それに、回復魔法は自分自身にかけても効かない。私がひとりぼっちでできることなんて、高《たか》が知れていた。

じりじりと、魔狼たちが私と距離を詰め、群れで追い込もうとしてきた。息を上げながら、私は必死に距離を保って森の奥深くへと逃れ続ける。

私は、自分が倒れたあとのことを考えた――私の魔力と血肉を喰い尽くした魔狼たちは、数日間は満たされるはずだ。しばらくの間は、人里に下りて人々を襲うことはない。逃げ延びた御者が魔狼の報告をすれば、討伐隊が結成されるに違いない。そうすれば、全部上手くいく。私が時間を稼いでおけば、全部が上手く……。

「きゃあ！」

しびれを切らした一頭が、牙を剥《む》いて飛びかかってきた。とっさに私はナイフで自分の長い髪を掻き切り、切断した月影色の髪を魔狼に向けて投げ散らす。やけどした犬みたいな苦鳴を上げて、その魔狼は悶《もだ》え苦《くる》しんだ。

高濃度の魔力を宿した毛髪は、私が使える唯一の武器だ。束にして投げつければ、相手の身を焼く魔導具代わりになる。たった一回しか使えない、私の武器。

もう、何も武器はない。次に襲いかかられたら終わりだ。すぐ目の前に死が迫っているのだと思った瞬間、怖くてたまらなくなった。足が震える、でも、止まれない。

さらに森の奥深くまで逃げる。こんなに人里から離れてしまえば、絶対に誰も助けには来ない。自分で選んだ選択肢なのに、怖くて怖くて息ができなかった。助けてくれない、誰も──。

『かわいそうなエリーゼ。あんたの味方なんて、この世にひとりもいないのよ？　あんたは、ひとりぼっちなんだから』

ララに言われたその言葉が、胸をえぐる。

分かってるわよ。そんなこと。どうせ私は、いつでもひとりぼっちなの。

誰も助けてくれないの。正しくて強い自分を演じる以外には、生きていく方法がなかったの……。

幾重にも迫る、魔狼の咆哮。牙の隙間からだらりと垂れたよだれが、月明かりの下で不気味に光る。金色の眼が、愉悦に歪んでいるように見えた。魔狼たちが〝狩り〟を楽しんでいるのが、ひしひしと伝わってくる。私を嬲りながら、じりじり距離を詰めようとする。

あえぎながら、木々の合間を走り続けていたが――。

「あっ……！」

足がもつれた、そのまま転ぶ。足をくじいたみたいで、激痛が走って立ち上がれなくなった。

耳をつんざく咆哮が前後左右から迫りくる。月明かりを遮って、銀色の大きな毛並みが私に飛びかかってくる。私はきつく目を閉じ、頭を抱えて牙に裂かれる痛みに耐えようとした。

でも。その瞬間は、いつまで経《た》っても訪れなかった。森に響いた断末魔の叫びは、私のものではなかったのだ。

「……？」

――何が起きているの？　閉じたまぶたの向こうで、何かが起きている。それは怒気を孕《はら》んだ魔狼の叫び。骨肉を断つ刃の響き。散る血しぶきの音と苦鳴。

おそるおそる目を開けると、魔狼たちの銀の毛並みが血だまりに沈んでいた。魔狼を残らず切り伏せて剣の血を払っていたのは、二十代半ばの男性で。

「森が騒がしいと思えば――なぜこんなところに女がいるんだ」

その男性の髪は、魔狼のような銀色だった。トパーズに似た金の瞳も、魔狼の眼の色に似ている。一分《いちぶ》の隙もなく鍛え込まれた長身の体躯《たいく》と、野生の獣を思わせる鋭い気配。返り血を浴びて、鮮烈なまでの赤で染まっている美貌。

彼は切れ長の目で、静かに私を見下ろしていた。すっと高く通った鼻梁《びりょう》も、意志の強そうな凜々《りり》しい眉も、堂々とした挙措も……彼のすべてが、獣の王を思わせる。

私は月明かりの下で、瞬きするのも忘れて彼を見上げていた。

「立てるか」

問いに答えることさえ忘れ、私は呆然《ぼうぜん》と見つめた。死の恐怖が遠ざかり、気が緩んだのか体がどっと重くなる。力が抜けて、姿勢が崩れた。

「……おい」

安心感に呑み込まれ、気が遠くなっていく。私はその場でくずおれて、意識を手放していった。

＊

私は、意識を取り戻した。

背中に、硬い岩の感触がある——うっすらと目を開けると、ランタンの灯に照らされる、ごつごつした岩肌が見えた。

……洞窟？　どうやら私は、洞窟の中で横たわっているようだ。

冷たい空気が肌を刺す。けれど、なぜか右の足首だけは温もりを感じていた。誰かに触れられているような、そんな温もりを……。

「目覚めたのか？」

低くて通りの良い男性の声が聞こえ、私はよろよろしながら上体を起こした。

体格の良い銀髪の男性が、私の右足首に触れている。

「っ……！」

恥じらいと恐怖で、引きつった声を上げてしまう。思わず右足を引っ込めようとした瞬間、足首に激痛が走った。私が痛みに身をよじると、男性は切れ長の目で私を見つめて微かに眉を寄せた。

「傷に障るぞ、無闇に動くな」

──この人は誰？　なぜ私はこの人と、こんなところに……？

怯《おび》えて後ずさりながら、私は必死に頭を巡らせようとした。男性はとくに表情もなく、私に静かな視線を向けている。

──そうだ。私は、魔狼に襲われて……。

この人が救ってくれなかったら、私は今ごろ生きてはいない。彼が血まみれになっているのは、魔狼の返り血を浴びたからだ。私は、ふと自分の右足首を見た。添え木を当てられ、包帯を巻かれて丁寧な処置が施してある。どうやら、この人が手当てしてくれたらしい。

この人は命の恩人だというのに、まるで暴漢に襲われたかのような態度をとってしまった……。私は、申し訳なくなって頭を下げた。

「非礼をお許しください。どなたかは存じ上げませんが、救ってくださりありがとうございました」

彼は口をつぐんだまま、私を静かに見つめていた。とても端整な顔立ちだけれど……。彼の表情は硬くて、何を考えているのかよく分からない。だから私は、少し不安になった。

「名乗りが遅れて失礼いたしました。私は、クローヴィア侯爵家のエリーゼと申します」

「知っている」

即答。無口なのか不機嫌なのか分からないけれど、あまりの即答だったので、私は内心驚いていた。

「……エリーゼ・クローヴィア嬢、貴女《あなた》のことは知っている。まさかこんな森の奥深くでお見かけするとは思わず、出会った瞬間は気づかなかったが。……貴女は、未来の王妃となられる方だろう？　それくらいのことは、俺でも知っている」

そっけなく。敢《あ》えて距離をとるような彼の口ぶりに、私は戸惑っていた。しばしの沈黙を挟んでから、彼は居ずまいを正して名を名乗った。

「俺はザクセンフォード辺境騎士団団長のギルベルト・レナウ。主君の命を受けて、このメライ大森林で魔獣の調査を行っていた」

「ザクセンフォード……？」

ザクセンフォード辺境騎士団の噂《うわさ》は聞いたことがある。北の国境に接するザクセンフォード辺境伯領を守る、強者《つわもの》ぞろいの騎士団だ。騎士団長を務めるギルベルト・レナウ卿《きょう》の名前と悪い噂についても、聞いたことがあった……。

「魔狼騎士ギルベルト・レナウ……という名のほうが、知れ渡っているのかもしれないな」

美しい顔立ちにわずかに自嘲の笑みを浮かべ、彼はつぶやいた。

そう。魔狼騎士ギルベルト・レナウは、有名な人だ。

彼は世間では〝残虐なる魔狼騎士〟と呼ばれている——銀の毛並みと金色の眼を持つ大柄な魔狼と、彼の容姿や雰囲気がよく似ているから。武勇に秀でた騎士であり、冷酷無情な戦いぶりで数々の武勲を立ててきた。その功績で、国王陛下から〝一代子爵〟の爵位を拝命していたはずだ。

外見だけでなく性格も、魔狼のように残虐だという噂も聞いたことがある。敵への容赦がないのは当然として、一般人にまで刃を向けたことがあるらしい。魔獣に襲われた村の住民を、救いもせずに焼き殺したという恐ろしい噂も——。

でも。この人は、本当にその〝魔狼騎士〟なのだろうか？

私はなぜか、ギルベルト・レナウ卿を残虐そうな人物だとは感じなかった。獣めいた気配や筋肉質の巨軀は確かに近寄《ちかよ》り難《がた》い印象だし、目の色も特徴的ではあるけれど。それに感情表現が希薄な人だとも思うけれど。……有能な騎士を妬んで、他者が悪い噂を流すのは、よくあることだ。レナウ卿も、悪評がひとり歩きしているタイプの騎士なのかもしれない。ほとんど確信に近い感覚で、そう思えた。

——だって。この人は、とても優しそうな目をしているもの。

彼の金色の瞳は、魔狼のような残虐性を孕んでいない。夜空に輝く星に似た、優しい光を灯していた。彼はとても精悍《せいかん》で、どきりとするほど美しい顔立ちをしている。深く日焼けした肌も、うなじで結んで長く垂らした銀髪も、返り血で汚れているけれど……。汚れた姿さえ魅力と感じさせるような、獣めいた色香を彼は放っていた。

「…………俺の顔が、そんなに怖いのか」

「！　いえ、違うんです……ご、ごめんなさい」

じっと見つめすぎてしまった。無遠慮な視線を送っていたことを謝ってから、私は居ずまいを正した。

「レナウ卿。命をお救いいただいたこと、改めてお礼申し上げます。……教えていただけますか、ここは、森のどのあたりなのでしょうか？　私はクローヴィア侯爵領から迷い込んできたのですが」

「ここは〝メライ大森林〟の南西部。クローヴィア侯爵領とコニエ伯爵領の周辺地帯だ」

「メライ大森林……」

魔狼を人里から引き離そうとしているうちに、私は相当奥まで入り込んでいたらしい。

「ここは魔獣も数多く生息する原生林だ。令嬢が一人で踏み込むような場所ではない。……ましてや、王太子殿下の婚約者ともあろう女性が」

軽くたしなめるような口調でそう言われ、私は返事に困ってしまった。王太子妃だったのも大聖女内定者だったのも、すでに昔のことだ。今の私は何者でもなく、ただ心を病んだ女として療養生活を強いられるばかりなのだから。……でも、レナウ卿が私の現況を知る訳がない。

「クローヴィア嬢がなぜこんな場所にいるのか、俺には想像もできないが。……俺が詮索するようなことでもないのだろう。貴女を安全な場所まで送り届ければ済む話だ」

「……安全な場所？」

表情の乏しい美貌で、彼はうなずいていた。

「クローヴィア侯爵領まで護送すればいいか？　王都が希望なら、それでも構わないが」

「……でも、あなたはお仕事の途中なのでしょう？」

問題ない、と彼はつぶやいた。

「幸い、調査も済んでこれからザクセンフォード辺境伯領に戻るつもりだった。……それで？　俺は貴女をどこへ届ければいい」

安全な場所。

……そんなものはない。

「クローヴィア嬢？」

侯爵領には、戻れない。戻ったら、病人扱いされて閉じ込められてしまう。意地悪な両親や義妹に嘲笑《あざわら》われて、一生みじめに生きなければならない。

王都に行っても、居場所はない。私はもうアルヴィン殿下の婚約者ではないし、聖痕が消えてしまったから大聖女内定者でもなくなってしまった。宮廷も中央教会も、誰も私を守ってはくれない。

体が勝手に、震え出していた。

「どうした、クローヴィア嬢」

「…………私はどこにも戻れません」

レナウ卿が、怪訝《けげん》そうに眉をひそめた。

私は、どこにも居場所がない。私はなんの役にも立たず、誰からも必要とされていない。

「クローヴィア嬢……どうしたんだ」

どうしたらいいの？　どこに行けばいい？　どう生きたらいい？　怖い……体が芯まで冷たくて、心が砕けてしまいそうだった。

「……分からないんです」

声が震えた。

「私は……どうしたらいいのか分かりません」

彼が、私を覗《のぞ》き込《こ》んできた。これまでの無感情な美貌とは違う、なにかを推し量るような目で。

そんな彼に、私は縋《すが》りついていた。

「………私を、助けてくれませんか」

彼は驚いているようだった。──当たり前だ、出会ったばかりの私に縋りつかれても、迷惑に決まっている。私は、なんて浅ましいんだろう。

「私を、あなたのところに連れていってくれませんか……？」

我ながら、どうかしている。見ず知らずの男性に頼るなんて。……でも。

「必ず、あなたのお役に立ちます。絶対にあなたを困らせません。だから、お願いします……どうか私を助けてください！」

私は必死で、ギルベルト・レナウ卿に訴えた。レナウ卿は少し驚いたように、目を見開いて私を見ている。

「貴女を『助ける』とは？　クローヴィア侯爵家や王都に送り届けることは、貴女を守ることにはならないのか」

どう答えたらいいだろう、と戸惑っていると、彼はさらに問いを重ねてきた。

「王太子の婚約者を、俺に連れ去れというのか？」

そう問われて、私は改めて自分の浅はかさを恥じた。見ず知らずのレナウ卿に、こんな恥知らずなお願いをしてしまうなんて……。レナウ卿にしがみついていた手をそっと離して、私は彼から距離をとった。血の気の失せた手は、真っ白になってしまっている。

「……突拍子もないことを言ってしまい、申し訳ありませんでした。いま私が言ったことは、全部、忘れてください」

私は座ったままスカートをわずかに持ち上げて礼をして、レナウ卿を見上げた。本当は立ち上がりたかったけれど、痛めた足がズキズキする。

「レナウ卿。あなたのご配慮に、……心より感謝いたします。それでは私を、クローヴィア侯爵領に……お送りいただけますか？」

笑顔で感謝を伝えよう。……でも、私は笑顔を作れているかしら。だって私の顔なんて、氷みたいに冷たくて気持ち悪くて、造り物みたいなものだから。……ララも、殿下もそう言っていたから。

「誰かが君を貶《おとし》めたのか？」

――え？

レナウ卿は大きな手で、不意に私の頬に触れた。

「……クローヴィア嬢。俺には分からないことだらけだ。なぜ君はこんな森にひとりでいる？　何に怯えて、誰に脅かされている？」

「――もう結構です。これ以上、聞かないでください」

私が退こうとしても、彼は問うことをやめなかった。

「いったい何があったんだ。髪も掻き切られたようだし、足の負傷も軽くない。……高貴な身分である君が、なぜ。出会ったばかりの男に『救ってほしい』と縋らなければならない悲惨な状況に、どうして陥ってしまったんだ」

……答えたくない。

家族からも婚約者からも見放された出来損ないの自分のことなんて、誰にも言いたくない。

「クローヴィア嬢が俺の庇護《ひご》を求めるのならば、俺は拒まない」

――え？

私は、耳を疑った。

彼は私の前にひざまずき、手の甲に唇を寄せていた。――敬愛を示す、騎士の口づけだ。

「レナウ卿？」

「クローヴィア嬢が望むなら、俺は君を守り抜こう。俺のもとに来るか？」

真剣な顔で、彼が問いかけてくる。でも……。

「……どうしてですか？　なぜ、私を助けてくださるんです」

「君が救いを求めたからだ」

それ以上の問いかけは不要と言わんばかりに、彼は立ち上がっていた。

「長居は無用だ。今すぐザクセンフォード辺境伯領へ戻る」

「はい……。あっ」

私も立ち上がろうとしたけれど、足の痛みによろめいた。倒れかけた私を支えてくれたのは、レナウ卿だ。恥じらいで、顔が赤くなってしまう。

「ごめんなさい……レナウ卿。大丈夫です、私歩けます……」

「足の靭帯《じんたい》を痛めているようだ。無理をすれば後遺症が残る。――失礼する」

「あっ」

彼は私を横抱きにして立ち上がった。

「な、何をなさるのです……」

「魔獣が来るのも、他人の目に触れるのも厄介だ。一刻も早く出発したい――こんな場所で人に出くわすことは、そうそうないだろうが。君をさらうからには、念には念を入れたい」

引き締まった太い腕が、いとも簡単に私のことを抱えている。誰かに抱き上げられるなんて、生まれて初めてのことだ。

「最後にもう一度問うが。本気で俺にさらわれる覚悟があるのか？　自分で選べ。魔狼《お》騎士《れ》が怖いなら、逃げたほうが賢明だ」

「……あなたと行きます。助けてください」

レナウ卿は洞窟を出て、馬の背に私を乗せた。荷物を整え、彼も私の後ろに乗った。

「辺境伯領へ向かう。怪我《けが》が痛んだら、すぐに言え」

レナウ卿の腕の中で、小さくこくり、とうなずく。私たちを乗せた馬は、ザクセンフォード辺境伯領へ出発した。

馬の背に揺られ、天を仰げば満天の星が見えた。

——この星空が、なぜだかとても懐かしい気がしてきた。どうしてそう感じたのか、自分でもよく分からない。

「どうした、クローヴィア嬢。怪我が痛むのか？」

私の顔を見て、彼は気遣わしげな様子で尋ねてきた。

「いえ……平気です」

本当は全然、平気ではないのかもしれない。分からないことだらけなのだから。

なぜ、私の聖痕は失われてしまったんだろう？　何もかも失くしてしまったのに、こうして生きているのがふしぎでたまらない。出会ったばかりのレナウ卿に、救いを求めてしまった自分自身のことも理解できない。……私はこれから、どうなってしまうのだろう。

何もかも、見通しが立たない。不安に押しつぶされそうになる。

「平気そうには見えないな。安全な場所で休息を挟むから、少し我慢してくれ」

平坦《へいたん》な声でそう言いながら、レナウ卿はわずかに馬の速度を下げた。たぶん、揺れを減らして私の負担を和らげようとしてくれているのだと思う。

……初めて会った人なのに。どこか懐かしい気持ちになってくるのは、なぜだろう。

❄――――――――❄――――――――❄

■「魔獣に喰い殺されるなんて、あの女にぴったりの死に方ね」
――義妹　ララ・クローヴィア

一週間前から宮廷で生活していたわたしは、豪奢《ごうしゃ》な私室で目を覚ました。明日はとうとう、わたしとアルヴィンさまの結婚式だ。

侍女に着替えをさせながら、わたしは自分の胸元を撫《な》でた。左胸にはバラに似たアザ――聖痕が色鮮やかに刻まれている。あのみじめな〝お義姉様〟から奪った、大聖女の聖痕が。

すべては順調、順調すぎて頰が勝手に緩んでしまう。

わたしに聖痕が宿ったことを、国王陛下と中央教会に申告したのは数週間前。最初のうちは国王も聖職者たちも、わたしに疑いの目を向けていた──聖痕がニセモノなんじゃないかと、しつこく疑っていたのだ。いろんな魔導具を使って何度もくり返し検査を受けさせられたけど、結局はどの検査も、わたしの聖痕が本物であることを証明するばかりだった。だから先日、とうとう国王陛下はわたしをアルヴィンさまの妻にすることを認めたのだ。

そしてアルヴィンさまがエリーゼと結婚式を挙げる予定になっていた明日──エリーゼの代わりに、わたしが花嫁になる。

「エリーゼが死んでくれて、本当に良かった！　魔獣に喰い殺されるなんて、あの女にぴったりの死に方ね」

クローヴィア邸から療養先の屋敷に向かう途中で、エリーゼは魔獣に襲われて行方不明になったという。話によると、御者を逃がすためにエリーゼは自ら囮《おとり》になったらしい。一応は捜索隊が編成されて死体を探しに行ったけど、骨の一本も見つからなかったそうだ。捜索隊でも行かれないような、森の奥深くで喰われたに違いない。

「いつも取り澄ましていたエリーゼが、魔獣にむさぼり喰われる姿……見たかったなぁ。あの女は最後までお人形みたいな無表情を守って喰い殺されたのかしら？　それとも、怖くて泣き喚《な　わめ》いていたの？　あぁ、本当に見たかった！」

すごく爽快な気分になっていたのに、ふと〝あのガキ〟──ミリアレーナ・エルキア・ルベル＝ヴェルナーク第一王女殿下のことを思い出してしまった瞬間、苛立《いらだ》ちが込み上げてきた。

十四歳のミリアレーナの顔立ちは、銀灰色の髪もアクアマリンの瞳もアルヴィンさまによく似ている。だから口を閉じていれば怜悧《れいり》な美少女に見えるのだけど、キャンキャンと子犬みたいに口うるさいから、大嫌いだ。ミリアレーナも、わたしを嫌っている──というかあのガキは、エリーゼの味方だ。

謁見の間に国王と大司教が居並び、わたしを王太子妃兼大聖女とすることを承認したあの日──あろうことかミリアレーナは、謁見の間に踏み込んで猛反発してきたのだった。

「お待ちください父上、大司教猊下《げいか》！　ララ様を大聖女とするのは、時期尚早ではありませんか？　エリーゼ様がお亡くなりになったというのも、まだ確定ではないのでしょう⁉　実際には、行方不明だと聞いていますが？」

と、非常識なミリアレーナは烈火のごとく怒っていた。国王陛下がたしなめても、彼女は引き下がろうともしない。……本当にマナー知らずなバカ王女ね。エリーゼが生きていてもいなくても、聖痕を失くした時点で王太子妃兼大聖女にはなり得ないというのに。

しかもミリアレーナは、「ララ様の聖痕は本当に正当なものなのですか⁉」とまで言ってきた。……だからそれはもう、とっくに確認済みなんだってば。

あまりにうるさかったから、わたしはその場でドレスの胸元を少し引き下げ、真っ赤なバラの聖痕《アザ》を見せつけた。

国王陛下はわたしに「はしたない振る舞いは控えよ」と苦言を呈していたけれど。ミリアレーナが悔しそうに唇を震わせている姿を見て、わたしは胸がスカッとした。

そのときの愉悦を思い返しながら、鏡に映った自分の胸元をそっと撫でる。

――この聖痕は本物よ。だからわたしが、アルヴィンさまの妻になるの。

「結婚式、楽しみだなぁ……」

わたしが再び機嫌良く笑っていると、扉をノックしてからアルヴィンさまが入ってきた。

「やぁ。おはよう、僕のララ」

「アルヴィンさまぁ！　おはようございます」

わたしは、アルヴィンさまに駆け寄った。彼はわたしをぎゅっと抱きしめ、頬にキスをしてくれた。

「とても機嫌が良さそうだね。僕との結婚がそんなに嬉しいのかな？」

「はい、もちろん！」

「君は本当にかわいいね。あのエリーゼとは大違いだ」

「アルヴィンさまったら！　あんな女と比べないでくださいよぉ」

わたしが、ぷぅ、と頬を膨らませて拗《す》ねてみせると、今度は反対側の頬にもキスを落としてくれた。

「やっぱり女性は素直で愛くるしいのが一番さ。君こそが僕の妻にふさわしい」

当たり前でしょう？　エリーゼよりわたしのほうがいいに決まってる。わたしは満足しながらうなずいていた。

「明日はいよいよ、僕らの結婚式。君が王太子妃になる記念すべき日さ。ついでに、大聖女になる日でもある」

「ええ！　わたし、アルヴィンさまとの結婚式がすごく楽しみ！　……でも、正直言って、大聖女とかは全然興味ありませーん」

アルヴィンさまは苦笑しながら、わたしの頭を撫でてきた。

「そうだね、本当にくだらない風習だ。だが王太子妃は、結婚式と同日に大聖女に就任するのが決まりなんだよ。僕の顔を立てるためにも、就任式に出てくれないか？　君は賢い子だから、きちんとできるだろ？」

「当たり前じゃないですか。任せてください」

なんだかんだ言って、大聖女就任式のセリフも動作も、全部暗記済みだ。王太子妃になるためには、少しくらいは面倒くさいこともガマンしなきゃいけないってことくらい、理解している。

「いい子だね。期待してるよ」

甘やかな声でささやいて、彼はわたしに唇を重ねた。

「心配いらないよ、ララ。どうせ大聖女なんてただの〝お飾り〟なんだから、実務はすべて大司教にやらせればいい。ついでに言うと、王太子妃としての政務も君がやる必要はないんだよ？　この国には政務女官という役職の女性がいるから、王妃や王太子妃は政治に関わる必要がほとんどないんだ。君のために、政務女官を五人ほど増員しておいた」

「さすがアルヴィンさま！　ありがとうございます！」

「大聖女が王妃や王太子妃を兼務する場合には、政務女官に政治を任せて『大聖女の任務に専念する』のが、古くからの習わしなんだ。先代の大聖女、つまり僕の母も生前は一切政治に関わらず、中央教会の聖堂にこもりっぱなしだった。すごく怠惰な生き方だなぁ……と、母がうらやましかったよ」

アルヴィンさまは皮肉っぽい笑みを浮かべてそう言った。

「アルヴィンさま。大聖女って、ただお祈りしてればいいんですよね？」

「その通り。正確に言うと、大聖女には三種類の仕事がある――『毎日の礼拝』『宗教行事への参加』『神託を下す』の三つだ」

「神託ってなんですか？」

「女神アウラに代わって、お告げをすることだよ」

お告げ？　……わたしに、お告げなんてできるかしら。

「実際には、神託の内容は大司教が全部決めていたようだから、君の負担はまったくないはずだ。大司教にお世辞のひとつでも言ってやれば、気を良くしてなんでも教えてくれるさ」

「良かった、それなら簡単そうですね！　わたしのお仕事って、結局は大司教様に気に入られることだけなんですね」

わたしが声を弾ませると、アルヴィンさまは苦笑していた。

「おいおい。僕を差し置いて、他の男に色目を遣わないでくれよ。大司教は枯れ木みたいなよぼよぼ爺《じじい》だから、一緒にいても面白いことなんて何もないだろうけど。……まぁ、上手く転がしてやるといい」

「は～い！」

なんだ。大聖女なんて、ちょろい仕事ね。エリーゼったら、偉そうにわたしにあれこれ教え込もうとしていたけれど、大聖女なんて結局お遊びみたいなものじゃないの。こんなくだらない役職にこだわるなんて……本当にバカな女。

――どう？　エリーゼ。あんたが手に入れられなかったモノを、わたしは全部持ってるのよ？

わたしは、亡きエリーゼを思い浮かべてほくそ笑んだ。

――わたし、初めて出会ったときから、あんたが大嫌いだったの。お母様が侯爵家の後妻になって、わたしが「次女」になった十三年前から、ずーっと。

わたしにとってのエリーゼは、いつでも獲物だった。金持ち貴族の家に生まれて、生まれつき聖痕を持っていて、王太子のお妃になる将来が決まっていたお義姉様。疑うことを知らずに、義妹のわたしと仲良くしようとしてきたお義姉様。あの無防備な笑顔を見るたび、虫唾《むしず》が走った。だからわたしは、エリーゼからなんでも奪い取ってやることにした。

ドレスにおもちゃ、お人形――。

幼い頃のエリーゼは、わたしが奪うたびにびっくりしたり、涙ぐんだりしていた。それでもがんばって、わたしと仲良くなろうとしていた。

宝石、貴重な蔵書、友人――。

奪《うば》われ馴《な》れたエリーゼは、無感情を装うようになった。心を閉ざして背筋を伸ばし、「正しさ」を盾に自分を守ろうとした。エリーゼはいつだって、わたしの嗜虐心《しぎゃくしん》を満たすための玩具《おもちゃ》だった。

そしてとうとうわたしは、あの女から婚約者を奪い、聖痕さえも奪ってみせた。最終的には命まで奪えたのだから、大満足だ。エリーゼを完全に壊すことができて、とても嬉しい。

「……うふふ」

「どうしたんだい、ララ？」

「すごく嬉しいの。わたし、最高の気分です！」

わたしは、アルヴィンさまの腕にぎゅうっとしがみついた。

アルヴィンさまも、美しい笑顔を浮かべている。

──わたしの勝ちよ、エリーゼ！

あんたがこだわっていた〝大聖女《おかざり》〟の仕事は、わたしが代わりにやってあげるから。

地獄の底からうらやましそうに見てらっしゃい。

わたしは、いつまでも笑いが止まらなかった。

──この先に待ち構えている運命のことなんて、このときのわたしは……まだ、何も知らない。

第２章　新しい生活

メライ大森林でギルベルト・レナウ卿に救われた日から数えて、今日で五日。幾度もの休息を挟み、人目を避けるように道を選んだ行程の末、私たちの馬はザクセンフォード辺境伯領に到着した。

深夜。彼が私を導いたのは、領都近郊のお屋敷だった。レナウ卿の私邸なのだという。執事とおぼしき老紳士がすぐ現れて、事情を聞くでもなく彼と私を出迎えた。

レナウ卿は私を抱きかかえ、客室に運んでくれた。私をベッドに座らせてから、静かにひざまずく。

「長い移動で疲れただろう。傷は痛むか？」

「……いいえ。大丈夫です」

堅い美貌に気遣いの色を浮かべて、彼は私を見つめていた。その視線を受けるのが恥ずかしくて、思わず目を泳がせてしまう。着の身着のままで五日間……全身汚れにまみれた姿を、人に見られるのが恥ずかしい。

そんな私の気持ちを察してか、彼は申し訳なさそうな顔をした。

「不便をかけてすまないが、君の身支度を整えるのは明日の朝まで我慢してもらえるか？　この屋敷は普段ほとんど使わないから、使用人が最低限でな。メイドも住み込みではないから、君の身の回りのことを任せられる者が今はいないんだ。夜が明けたら、すぐに人を手配する」

……「すまない」だなんて、とんでもない。迷惑ばかりかけているのは私のほうなのに。

「お心遣いありがとうございます、レナウ卿。何から何まで、申し訳ありません」

口元を微かに緩めて、彼は立ち上がった。

「安心して眠ってくれ、と言われても難しいかもしれないが……今夜はできるだけゆっくり休んでくれ。今後のことは、それからだ」

朝になったらまた来る――と穏やかな声で言い残し、彼は部屋から出ていった。

ひとりきりになった瞬間、気が抜けたのかどっと体が重くなる。痛む右足首をかばいながら、ベッドに横たわってみた。真っ白なシーツの肌触りと、微かな石鹸《せっけん》の香りに安らぎを感じ、まぶたが重くなってきた。

――疲れた。

自分でも気づかないうちに、私は眠りに落ちていた。

翌朝。レナウ卿は約束通り、部屋を訪ねてきた。彼の後ろには、十四、五歳くらいの小柄な少女が控えている。

「彼女は、ザクセンフォード辺境騎士団で雑役婦を務めるアンナだ。君の身の回りのことを、彼女に任せたいと思う」

アンナは紅茶色の髪を肩より短く切りそろえた愛らしい少女で、琥珀色《こはくいろ》の大きな瞳が印象的だった。

私が深い礼とともに「よろしくお願いいたします」と伝えると、アンナは嬉しそうに顔を輝かせた。

「こちらこそ！　どうぞよろしくお願いします。それじゃ、さっそく湯浴《ゆあ》みの準備をしてきますね！」

飾り気のない笑顔が、とてもまぶしい。アンナは厨房《ちゆうぼう》と浴室を手早く往復して湯浴みの準備を整えると、私を支えて浴室まで運んでくれた。私の怪我を気遣いながら、優しい手つきで入浴を手伝ってくれる。

汗と汚れが流れ落ち、温かいお湯に心がほぐれていった。

「……ありがとうございます、アンナ様」

「様!?　いえいえ、アンナって呼んでください。団長もみんなも、私のこと呼び捨てですから」

むしろ、そのほうが気楽で嬉しいです！　と明るく笑いかけてくれるアンナにつられて、私の口元も微かに緩んだ。

湯浴みを済ませて、アンナが持ってきてくれた衣服にそでを通す。上流市民の着るようなさらりとした質感のワンピースで、締め付けのないゆったりした着心地が気持ち良かった。

「──すてき。お姫様みたい」

アンナは鏡台の前で私の髪を梳きながら、鏡に映る私を見つめてそうつぶやいた。もしかしたら、私を元気づけようとしてお世辞を言ってくれているのかもしれない。

私は、どう答えたらいいか分からなかった。こんなに傷だらけで、居場所もなくて、誰からも必要とされていない私がお姫様なんて……。

私なんかより、あなたのほうがずっとすてきだと思う。あなたの温かい笑顔が、とてもまぶしい。


アンナに助けられながら、私は再び客室に戻った。出迎えてくれたレナウ卿は、私を見るなり息を詰まらせていた。……どうしたのだろう。

アンナがすかさず、からかうような声を投じた。

「あ。団長ったら、見惚《みと》れてるでしょ」

「……違う」

アンナは肩をすくめて、いたずらっぽい笑みを浮かべている。レナウ卿は眉をひそめて彼女を軽く睨《にら》んでいたが、やがて私に向き直ってこう言った。

「食事は部屋に運ばせるから、ともかくゆっくり休んでくれ。足の捻挫が癒えるまで、歩くのは最低限だ。アンナにはしばらく屋敷に滞在してもらうことにしたから、何かあったら彼女に伝えてくれ」

温かい心遣いに、胸が苦しくなった。

「申し訳ありません。……どうやってご恩をお返ししたらいいか、分かりません」

「そんなものは、必要ない」

目元を緩めて彼は言った——自分を癒《いや》すことだけを考えてくれ、と。

「それでは、俺は騎士団本部に戻る。夜にはこちらに寄るつもりだから、あとは頼んだぞ、アンナ」

「任せてください！」

アンナが元気いっぱいに応えると、レナウ卿は部屋から去っていった。私は、気後れしながら彼に礼をして送り出していた。

＊

『──それだよ、エリーゼ。君のその取り澄ました態度が、不快でたまらないんだ』

暗闇の中。唐突に響いたのは、アルヴィン殿下の声だった。

彼は私にこう言った──私は造り物めいていて不気味だから、妻にはしたくないと。

『かわいそうなエリーゼ。あんたの味方なんて、この世にひとりもいないのよ？』

次に響いてきたのは、義妹の声だった。ララは言った──どんなに清く正しく生きても、私は誰にも助けてもらえない。私は、ひとりぼっちだから。

ひとりぼっちの闇の中、仲睦《なかむつ》まじそうに身を寄せ合う、殿下とララの姿が浮かび上がった。愛をささやき合っていた彼らは、やがてこちらに向かって意地悪な視線を向けてきた。ふたりそろって、私の悪口を言う。

『氷の令嬢は、造り物みたいで気持ち悪い』

『みじめな負け犬さん。本当はいつも、心の中で泣いてるんでしょ？』

──やめて。

どうして、そんなにひどいことを言うの？　私が何をしたというの!?

そんな私の訴えに、父の冷たい声が応えた。

『お前は高慢で不愛想だから、殿下に愛想を尽かされてしまったのさ』

私は高慢だったのだろうか。そんなに不愛想だったのだろうか。

……だから私は、婚約者や家族に嫌われてしまったの？　だから私の聖痕は、いきなり消えてしまったの？　高慢な私は、大聖女として不適格だったから？

『きっと聖痕も、お義姉様のことが嫌いだったんじゃないかしら』

――嫌だ。

やめて。やめて、やめてやめて――。


「嫌っ――――ぁ……」

「エリィさん!?　エリィさん、しっかりして!!」

誰かに大声で呼びかけられ、私はハッと目を覚ました。

「良かった。やっと起きてくれた！」

息を切らせて横たわる私のことを、アンナが安堵《あんど》の表情で覗き込んでいた。

「……アンナ」

よろよろと身を起こそうとした私を、アンナが手助けしてくれた。

「怖い夢、見ちゃったんですか？　すごくうなされてたから起こしちゃった。すみません」

「いいえ。……起こしていただけて、助かりました」

ララたちに言われた言葉なんて、全然気にしていないつもりだったのに……。

こんな悪夢。もう二度と見たくない。

「見苦しいところをお見せしてしまい、申し訳ございません」

「気にしないでください。誰だって、うなされることくらいありますよ。それに、うちの妹弟《きょうだい》も、よく夜中に怖い夢見て泣いちゃうんです。だから慣れっこですから」

気さくに笑うアンナの心遣いが、ありがたかった。

「寝汗、かいてますよね？　着替えを持ってくるから、エリィさんは待っててください」

……〝エリィさん〟？　ふと、彼女が私をそう呼んでいることに気づいた。

着替えを取りに部屋を出ようとしていたアンナのことを引き留めて、尋ねてみる。

「あの。〝エリィ〟というのは……？」

「団長が、あなたのお名前を教えてくれたんです。お名前が分からないと、お世話するとき不便だろうからって」

レナウ卿が私を愛称で……？

「それじゃ、着替え取ってきますね」

ひとりになった部屋で、私はどこか落ち着かない気持ちになっていた。

身を隠して過ごすのだから、〝エリーゼ〟とも〝クローヴィア嬢〟とも呼べない。だからレナウ卿は、愛称を伝えることにしたのだろう。

でも、エリィと呼ばれるのは本当に久しぶりだ。

「十三年ぶり……くらいかしら」

私を愛称で呼んでくれたのは、亡くなった母だけだ。母は私が五歳のときに病気で死んでしまった。自分でも忘れていた〝エリィ〟という名前が、なんだかとても温かかった。

＊

すべて失くしたはずの私に、思いがけず訪れた温かな日々。騎士団長という要職にあるレナウ卿はとても忙しい方なのに、ほとんど毎日のように私の様子を見に来てくれる。怪我の具合を確認してすぐに本部へ戻る日もあるし、長めに時間をとってくれる日もあった。アンナに聞いたところによると、普段のレナウ卿は騎士団本部の寄宿所で寝泊まりしていて、あまりこちらの屋敷には戻らないらしい。

彼に迷惑をかけていることを申し訳なく思っていると、アンナは「エリィさんは気にしなくていいんですよ。団長が、自分の判断でそうしてるんですから」と言ってくれた。

アンナはとても気配り上手で、すてきな子だ。私がどこから来たのか、どうしてレナウ卿に匿《かくま》われているのか——そういったことを、彼女はまったく尋ねてこない。気にならないはずはないのに、そんな素振りをまったく見せずにいつも温かく接してくれる。それに、看病や怪我の処置も適切で、見惚れるほどに手際がいい。

今も足の包帯を替えてくれているアンナを、私は尊敬の眼差《まなざ》しで見つめていた。

「アンナは本当にすごいわ。なんでもできるのね」

「そんなことないですよ。まぁ、雑役婦はいろいろな仕事をやりますから。怪我の処置とかは日常茶飯事かもしれません」

「騎士団の雑役婦の方々は、他にどんなお仕事をするの？」

「うーん、お掃除、お料理、お洗濯がメインですね。あと、うちの騎士団の場合は〝子守り〟もやります！　これって、すごく珍しいんですよ？」

「子守り？」

アンナは教えてくれた。雑役婦として働く女性の中には、不慮の事故などで夫を亡くした人も多いそうだ。幼い子供を抱えて働き口を見つけられずにいる女性のことを、ザクセンフォード辺境騎士団では積極的に雇い入れているらしい。

「ギルベルト団長の方針なんです。雑役婦は住み込みの仕事だから、子供たちは全員まとめて、寄宿所で面倒を見ることにしていて。雑役婦のメンバーで、持ち回りで子守りをやるんですよ。うちの妹と弟も、寄宿所で暮らしてます」

意外な話に、私はいつの間にか聞き入っていた。ザクセンフォード辺境騎士団は荒くれ者ぞろいで、団長を筆頭に血も涙もない残酷な騎士ばかりだという悪評を聞いたことがあったけれど……。実情はかなり違っているらしい。

「レナウ卿は、優しい方なのね」

「もちろんです。団長はすごく優しいですよ！」

胸を張って断言するアンナは、とても誇らしげだ。でも、少しだけ表情を曇らせて、私に言った。

「もしかしてエリィさんは団長の怖い噂を聞いたこと、ありますか？」

聞いたことは、ある。魔狼のように残虐だとか、一般人を殺害したとかいう噂は、これまで何度か聞いたことがあった。

私が返事に困っていると、察した様子でアンナは言った。

「怖い噂は、全部嘘です。絶対信じちゃダメですよ、エリィさん」

私は、しっかりとうなずいてみせた。命を救ってくれたばかりか、彼はこんなにも私を気遣ってくれる――常に弱い者に手を差し伸べようとするレナウ卿は、騎士の中の騎士に違いない。彼の姿を思い浮かべた瞬間、なぜか心臓がとくりと跳ねた。

「私……早く、足を治したいわ」

部屋にこもりきりで、レナウ卿の優しさに甘えてばかりではなくて。

「私、レナウ卿にきちんと恩を返したいの」

でも、まだ足首がずきりと痛む……。そんな自分を不甲斐《ふがい》なく思っていると、

「気負わなくて大丈夫ですよ。ゆっくり治して、それから考えればいいと思います。無理すると治りが悪くなるから、今は団長の言う通り、安静にしなきゃダメですよ？」

アンナは、春の日なたのような笑みを浮かべていた。

❄ ―――――――― ❄ ―――――――― ❄

■「大聖女なんて、どうせお飾りでしょ？」
――義妹／大聖女　ララ・ヴェルナーク

――あぁ、くだらない。大聖女なんて、どうせただの〝お飾り〟なのに。民衆なんて、どいつもこいつも頭の悪いクズばっかり！

心の中で罵詈《ばり》雑言《ぞうごん》を吐きながら、わたしは柔らかに微笑《ほほえ》んで民衆を見つめた。老若男女の視線がわたしに注がれている。

「なんてお美しい……！」

「あの神々しさ……女神の再来に違いない!!」

はいはい、好きに褒めたたえてね。

純白の聖女装束に身を包み、わたしは就任式の式典会場をしずしずと進んだ。レースで編まれた長いヴェールの下で、慈母のような笑みを浮かべ続ける――心の中でわたしが「さっさと終わんないかなぁ」と思っていることは、誰も見抜けていないはずだ。

午前中が結婚式で、午後から大聖女就任式だなんて、本当にめんどくさい。結婚式だけでいいのになぁ。王太子であるアルヴィンさまの顔を立てるためだから、仕方ないけど。

ひざまずいたわたしの前で、老いた大司教が祝詞を上げた。

「大聖女ララ、汝《なんじ》に女神の祝福のあらんことを。汝が民を癒す光とならんことを。汝があらゆる聖女を束ね導く索条《さくじょう》とならんことを――」

しわだらけの大司教の口から出た言葉を、わたしは冷めきった気分で聞いていた。教会に所属する聖女は、国内に三百人弱。すべての聖女の中で一番偉いのが〝大聖女〟だ。

わたしは今から、その大聖女になる。

本当は、大聖女なんて全然やりたくないけど。でも、まぁいいや……どうせ実際に働くのは、現場の聖女たちだもん。大聖女なんかいなくても、これまでこの国は十分に回っていたんだから。アルヴィンさまだって、そう言っていたもの。

「先代の大聖女——つまり僕の母が亡くなったのは、四年前だ。それ以来この国に大聖女は不在だったが、何も問題は起きなかった。つまり、大聖女なんてただのお飾りだったのさ。実際に働いていたのは、大司教だ。あの老いぼれを上手く転がして、働かせるのが君の実務だよ」

大聖女就任式の直前に、アルヴィンさまはわたしを抱き寄せてそうささやいた。

「……我慢してくれるよね？　僕のかわいいララ。王太子妃である以上、大聖女になるのが必須要件なんだ」

もちろん、なんの異論もないわ。

大司教が祭典用の聖杖《せいじょう》でわたしの肩に触れた。その仕草はわたしに女神の承認が与えられて、〝大聖女内定者〟から本物の〝大聖女〟に昇格したことを意味している。民衆が大きな歓声を上げた。

「大聖女様！　大聖女様、ばんざい!!」

「ばんざい!!」

本当にバカな連中。体に聖痕があるってだけで、わたしのことを崇《あが》め奉《たてまつ》っちゃって。

……まぁ、悪い気分はしないけど。

――ここにエリーゼがいればいいのにな。エリーゼに、わたしが大聖女になる瞬間を見せてあげたかったなぁ。

わたしは初めて、エリーゼの死を残念に思った。もしも生きてたら、今日だけは軟禁を解いて大聖女就任式に呼んであげたかった。きっと、泣きながら悔しがったに違いない。

――まぁ、いっか。壊れた玩具にこだわったって、意味がないもんね。

わたしは気持ちを入れ替えて、大聖女らしく見えるよう演技し続けた。上席からは、王侯貴族が就任式を見ている。国王陛下は感情のこもらない瞳で、わたしの様子を観察していた。隣のミリアレーナは、相変わらず反抗的な眼差しをわたしに向けている……。こんな生意気王女、別にどうでもいい。

王侯貴族の一席にアルヴィンさまを見つけて、わたしは嬉しくなった。とびきりの笑顔を彼に向けると、彼もまたすてきな笑顔を返してくれた。

そうよ。わたしは、この国で一番高貴な女性。

平民生まれのわたしが侯爵令嬢になって、実力で義姉を引きずり下ろしたの。

すべてを勝ち取ったのは、このわたし。

「わたくしは、ララ・ヴェルナーク。ヴェルナーク王国の大聖女として、そして王太子妃として、臣民に身を捧げます」

一層大きな歓声が、祭典会場に湧き上がる。この国のすべての人間が、わたしのことを祝福していた。

＊

就任式のあと。わたしは早速、大司教とお近づきになろうとした。アルヴィンさまからも、「あの大司教《おいぼれ》は利用できるから仲良くしておくんだよ」と何度も言われていたし。

「大司教さまぁ。わたしにいろいろ、教えてくださいね？」

ちょっと艶っぽい猫撫《ねこな》で声《ごえ》で、わたしは大司教に言い寄った。本当に枯れ木みたいな老人だ。たぶん八十歳近い……もっと若かったら、仲良くし甲斐があるのに。

しわだらけの痩せた大司教は、眉間のしわをさらに深くしてわたしに問い返してきた。

「教える……とは？　大聖女ララ様は、ご自身の聖務をご理解しておられないのですか？」

おごそかとも言えるクソ偉そうな態度で、大司教はわたしを見据えてきた。簡単な色仕掛けくらいでは、なびくつもりはないらしい。

機嫌の悪そうな顔で、大司教は分厚い書物をわたしに手渡してきた。……うわっ。なにこのカビ臭い本。すごく重いし……。

「大司教さま？　この本、なんですかぁ？」

「歴代の大聖女が為した、すべての神託が記録されている書物です。すべてを読んで、あなた自身の知識となさい。……本来であれば、大聖女に就任する前に暗記しておくべき内容です。急なご就任なので、不勉強なのも仕方ないかもしれませんが」

偉ぶった口調でそう言うと、大司教は聖堂の奥に引っ込んでしまった。感じ悪い……。なんなの、あのジジイ。わたしは、思わずイラッとしてしまった。

……だめよ、ララ。この程度のことで怒っちゃダメ。だって、わたしは王太子妃なんだから。あんな面白みのないジジイでも、役に立つなら仲良くしなきゃ。時間をかければ、きっと飼いならせるわ。

とりあえず、今は気分を変えなくちゃ。これから宮廷に戻って、晩餐会《ばんさんかい》があるんだから。王太子夫妻の結婚を祝う、大事なパーティ。主役のわたしが、こんなところで油を売ってる訳にはいかないものね！

大司教から渡された汚らしい本は、あとで侍女にでも読ませて、要点だけ教えてもらえばいいや。わたしはウキウキしながら、王家の馬車に乗り込んだ。

■ふたりきりの時間

❄ ────── ❄ ────── ❄

日が経つごとに、足の痛みは引いてきた。最初は青紫に変色していた足首も、二週間経った今ではすっかり元の色に戻っている。

レナウ卿の許可が出て、数日前から屋敷の中を自分ひとりで歩けるようになった。付きっきりで看護してもらう必要がなくなったので、アンナには一昨日から雑役婦のお仕事に戻ってもらっている。

朝食を済ませた私が屋敷を散策していると、老齢のメイドとすれ違った。

「おはようございます、お嬢様」

「おはようございます」

メイドはゆったりとした物腰で言った。

「お加減がよろしいようで、何よりでございます。何かご不便はございませんでしたか？　わたしがお屋敷に来るまでの間、お嬢様の身の回りのことをする者もおりませんし……」

彼女は、この屋敷に通いで勤めているメイドだ。この屋敷には住み込みの使用人はほとんどいないと、レナウ卿が言っていた。あまり使わない屋敷だから、使用人は最低限なのだ、と。

「お心遣いありがとうございます。とくに困りごともありませんから、どうかお気になさらず。自分の身の回りのことは、ひと通り自分でできますので」

この屋敷に匿っていただくだけでありがたいのだから、できるだけ迷惑をかけないようにしたい。

私が深い礼をすると、メイドは恐縮した様子で礼を返した。

「かしこまりました。ご要望がございましたら、いつでもお申し付けください。『お嬢様の希望は最大限叶《かな》えるように』と、旦那様からも仰せつかっておりますので」

「レナウ卿が……？」

彼の細やかな心遣いが、嬉しい。

私はメイドに感謝を述べつつ、その場を去って自分の部屋へと戻っていった。そろそろ、レナウ卿が来てくださる時間だからだ。

朝の九時。約束通りの時間に、レナウ卿は部屋にいらした。仕事の合間を縫って、私の様子を見に来てくれたのだ。「足の具合はどうだ？」と、いつものように淡々とした口調で尋ねてくる。

「おかげさまで、問題ありません」

そう答え、私は右足の靴を脱いだ。その素足を、彼はいつもの調子でそっと手に取る。壊れ物でも扱うような慎重な手つきで私の右足首を動かしながら、具合を確認していた。

……じんわりと、掌《てのひら》の温もりが染みてくる。なんだか、とても恥ずかしい気持ちになってきた。

今、部屋にはレナウ卿と私しかいない。

屋敷に到着した日を除けば、彼とふたりきりになるのはこれが初めてだ。いつもはアンナが近くにいた……ただそれだけの違いなのに、今日はとても落ち着かない気分になってくる。

「問題なさそうに見えるな。……しかし苦しそうだ。顔が赤いが？」

彼の美しい顔はほとんど無表情だったけれど、わずかに気遣うような色を乗せて私を見上げてきた。

「熱があるのか？」

「違います……」

男性に足を触れられるなんて、本当ならばとても恥ずかしいことだ。いつもはアンナがいてくれたから、あまり気に留めなかったけれど……。

私は真っ赤な顔で、目をそらしながらつぶやいた。

「……恥ずかしいのです」

レナウ卿はちょっと驚いたように目を見開くと、私の右足から手をそっと離した。

「……失礼した、配慮に欠けていたようだ」

「いえ……」

私も彼も口数が少ないためか、ふたりきりだと沈黙が流れてしまう。とても、気まずい。

私はまっすぐにレナウ卿を見つめて、ベッドに腰かけたまま礼をした。

「命を救ってくださった上に、こんなに良くしてくださって――本当にありがとうございます」

私は、きちんと微笑めているだろうか？　心からの感謝を笑顔に込めたいと思ったけれど、私の顔は造り物めいて気持ち悪いそうだから……自信がない。

不安になって、レナウ卿の顔をちらりと見た。彼は穏やかな眼差しで、見つめ返してくれていた。

――レナウ卿、笑っている？

精悍な顔立ちに、微かな笑みが浮かんでいた。感情表現が希薄な人だと思っていたけれど……見慣れてくると、決して無表情ではないのだと分かる。

「君の笑顔を見て、安心した。鳥かごのような生活に苦痛を感じているのではと、気がかりだったが」

安堵した様子で彼は言った。

「こんなに狭い屋敷では、気も塞ぐだろう？　使用人もほとんどいないし、君に不便をかけていると思う」

「不便なんて、とんでもないです。アンナも、お屋敷の方々も本当に良くしてくれます。こんなに誰かのご厚意に甘えさせてもらうのは、生まれて初めてかもしれません」

感謝と同じくらい、申し訳なさが込み上げてきた。

「レナウ卿。傷が癒えたので、なにか恩返しをさせてください。あなたのお役に立ちたいのですが」

「必要ない。君に見返りを求めようとは思っていない」

「でも……」

「本当に必要ないんだ。ただここにいればいい」

ただいればいい？　そんなことが許される訳がない。迷惑をかけっぱなしで、何の役にも立たない私が、お邪魔していていい理由がないのだから。

私が戸惑っていると、レナウ卿が覗き込んできた。

「だが、もしかするといるだけのほうが苦痛か？　匿われるだけの生活は、確かに気が塞ぐかもしれないな」

「いえ。……でも、レナウ卿のご厚意を悪用しているようで、心苦しいんです」

「そんなことはない」

「でも。いさせていただくからには、どうしても何かで貢献しなければと」

彼は、思案している様子だった。

「そうか……君に仕事を任せる、か。とはいえ、人目を避けなければならないだろうから、外には出してやれないが。何か、考えておこう」

そう言って、彼は立ち上がった。

「俺はそろそろ仕事だ。夜にはまた来る」

ドアに向かおうとしたレナウ卿を、私はとっさに引き留めてしまった。

「あの……！」

「ん？」

引き留めてから、反省した。忙しい彼に、今わざわざ伝えるほどの内容でもないのに。

「どうした？」

気恥ずかしさと申し訳なさで視線をさまよわせながら、蚊の鳴くような声で伝えた。

「あの。私の名前を、アンナに伝えるとき。……〝エリィ〟という名前を伝えてくださって、ありがとうございます」

　彼は、静かに私の声を聞いている。

「エリィと呼ばれるのが、本当はとても好きだったんです。母だけが呼んでくれた愛称だったのですが。十数年ぶりだったので、とても嬉しくて……」

　こんなくだらない話をするために、わざわざ引き留めてしまうなんて。レナウ卿も、あきれているに違いない。おそるおそる、彼の顔を見てみると――。

「……レナウ卿？」

　彼は、ふしぎな表情で立ち尽くしていた。嬉しいような寂しいような、いろいろな気持ちがない混ぜになったような瞳で私を見つめている。

「俺も、君をエリィと呼ばせてもらっていいか？」

「ええ。もちろんです」

　これまで見た中で、一番柔らかい表情で彼は笑った。

「それなら、俺も名で呼んでくれ――ギルベルトだ。呼び捨てで構わない」

　口元を少し綻ばせて彼がそう言ってきたけれど……私は、困ってしまった。

「レナウ卿を、お名前で？　そんな失礼なこと……」

　まさか呼び方を改めるよう求められるとは、思わなかった。婚約者だったアルヴィン殿下にさえ、名前で呼ぶような真似《まね》はしたことがなかったのに……。

「名前で呼ぶのは嫌か」

「嫌という訳では。でも、男性からそのようなご命令を受けるのは初めてなので……」

私が真っ赤になって躊躇《ためら》っていると、レナウ卿は少し困ったような顔をした。

「命令という訳ではない。無理強いしたつもりはなかった」

「いえ」

愛称で呼んでくれと言われたのだから、彼の希望に添うようにしたい。

「それでは。し、失礼します。ギ、ギル………」

名を呼ぶくらいで、どうして私はこんなに手間取ってしまうのだろう。不器用な自分が、恥ずかしくて情けなかった。

「ギルベルト、……さま」

呼び捨てなんて、やっぱり恥ずかしくて無理だ。

「せめて敬称くらいは、つけさせてください。なんだか申し訳なくて、息が苦しいです」

困り果ててうなだれる私を見て、ギルベルト様は小さく笑った。

「ありがとう」

「え……？」

私のすぐ目の前に戻り、彼は私の頭をふわりと撫でた。

「今日の夜は時間がとれそうだから、一緒に夕食でもどうだ？」

——え？

これまでとは少し違う、どこか親しみのある表情で、彼は私に問いかけてきた。嬉しくないはずがない。

「あ、ありがとうございます！　楽しみにお待ちしています」

「俺も楽しみにしている」

部屋から出ていく彼に、私は深い礼をして送り出した。

自分の心臓の音が、体の中で大きく響いている。

——私。どうしてしまったのかしら。

ギルベルト様に救われてから、心が乱れることばかりだ。十八年も生きてきて、人からこんなに優しくしてもらったのは初めてで……胸が苦しい。

やっぱり、どうあっても彼の役に立たなければならない。私は、改めてそう思った。

彼に撫でられた髪に、自分でも触れてみる。……大きな手の温もりが蘇《よみがえ》ってきて、もっと胸が苦しくなった。

「ギルベルト、様……」

乱れた息を整えながら、彼の名をそっとつぶやいていた。

＊＊＊

エリィと食事の約束をしたその日。辺境騎士団団長であるギルベルトは、ある報告のためにユージーン・ザクセンフォード辺境伯の邸宅を訪れた。

辺境伯の邸宅は、宮殿と見紛《みまが》うばかりに壮麗だ。昼夜を問わず周囲を照らす魔光灯と呼ばれるランタン型の魔導具が、長い廊下に等間隔に提げられている。

魔導具は希少価値が高いため巷《ちまた》ではほとんど普及しておらず、王城や上位貴族の邸宅でなければ見かける機会はない。ザクセンフォード辺境伯の邸宅内には、無人で音色を奏でる楽器やら、額縁の中で動いて見える絵画やら、実用性の見いだせない魔導具もいろいろと飾られているのだが――それらは要するに、ザクセンフォード家の潤沢な資金を示すものである。現当主であるユージーンに言わせると「先祖代々受け継いだ、ムダな魔導具《ゴミ》が溜まってるだけ」とのことだ。

「よぉ、ギル。久しぶり。メライ大森林での魔狼の調査、ご苦労さん」

執務机に着いて気安い口調でそう言ったのは、ユージーン・ザクセンフォード辺境伯――国内有数の軍事力を有し、北の国境を守る有力貴族だ。

ギルベルトは、主人であるユージーン・ザクセンフォード辺境伯に一礼をした。

「ユージーン閣下。王都での御公務、おつかれさまでございました」

「あぁ、公務な……クソ面倒くさかったぜ」

気だるそうに生あくびをして緋色《ひいろ》の髪を掻きながら、「……眠《ねみ》ぃな」と毒づいているユージーンは今年で三十五歳。だらしなくて頼りなさそうに見えるが、その実、頭の回転が異常に速い。〝公《しごと》〟と〝私《プライベート》〟で完全に態度を切り替えるタイプの人間である。

「公務っても今回は、王太子の結婚式だぜ？　王太子《クソガキ》と頭悪そうな女が、チヤホヤされて調子乗っててさぁ。全然興味ねーよ、オレ」

「結婚式？」

ギルベルトは眉をひそめた。

「……王太子殿下は、ご結婚されたのですか」

「そーだよ。お前知らなかったっけ？　結婚相手が土壇場で変わったから、オレら臣下はみーんなビックリよ」

結婚相手が変わった？　ギルベルトは、表情もなく主人の話に耳を傾けた。

「クローヴィア家の長女エリーゼ嬢が死んだらしくて、次女のララ嬢が王太子妃になったんだ。ついでに大聖女にも、ララ嬢が就任してた」

――エリィが亡くなった？　侯爵家は、エリィを死んだことにしているのか？　と、ギルベルトは疑問を胸に口をつぐんでいる。

「エリーゼ嬢の死因は事故らしいが……暗殺とかかもしれねぇよな。まぁ、オレら臣下は王家のご事情なんざ存じ上げねぇけどよ。あのララ嬢って女、絶対、頭空っぽだぜ？　あんな女に、王太子妃が務まるのかねぇ」

辺境伯は、不謹慎極まりない発言を吐き出し続けた。だが、この話題に飽きた様子で、身を乗り出して次の話題を切り出した。

「そんなことよりさ、ギル。……お前、女できただろ？」

にやりと笑って主人が唐突に言ってきたので、ギルベルトは眉間に深いしわを刻んだ。

「……閣下。不愉快です」

「ってことは、図星だな？　お前、無表情ぶってるけど、なにかソワソワしてるからすぐ分かった」

あはははは、と陽気に笑っている主人を、ギルベルトは無言で睨《ね》めつけていた。

「で、どこの女よ？　長年、親代わりでお前の面倒見てきたオレとしては、かなり興味あるね」

「見当違いも甚だしい。俺のような醜悪な容姿の男に、好意を持つ女性がいると思いますか」

「醜悪な容姿ねぇ」

ユージーンはじろじろとギルベルトを眺めた。

「醜悪だと思ってるのはお前だけかもしれねぇよ？　魔狼に似てるのと、醜いかどうかは別の話だ。……実際、お前モテるじゃん」

「まったく記憶にありません」

「えっ。お前知らねぇの⁉　オレの護衛で社交場に一緒に行ったときとか、いつも遠巻きにご令嬢方が騒いでんじゃん。かっこいいとか抱かれたいとか」

「それはユージーン閣下に向けられた声だと思いますが」

「お前優しいね、そういうことにしといてくれるんだ？　じゃあさ、火遊び好きなマダムとか娼婦《しょうふ》とかが空気読まない感じでお前に迫ってるの、何度も見たことあるけど？　そのへんはどう説明しとく？」

……煩わしい。主人からの絡みをかわすのは、ギルベルトにとっては魔獣を捌《さば》くより面倒くさい仕事であった。

「俺に関心を示す女がいるとすれば、それはただ辺境騎士団とのつながりを得るために近寄っているだけでしょう。俺の私情など、捨て置いていただきたい。――ところで。俺は閣下の雑談の相手をしに来た訳ではなく、メライ大森林での魔狼の調査報告のために来たのですが？」

「はいはい」

ギルベルトの報告を聞きながら、ユージーンは「こいつもまだまだガキだねぇ……」

とでも言いたげな顔でニヤついていた。

＊＊＊

……いつまでも病人気分でいる訳にはいかないわ。

私はひとつの決心をして、鏡台の前に座っていた。私の後ろには、ハサミを持った老齢のメイドが心配そうな表情で立っている。

「お嬢様、本当にお髪《ぐし》を切ってしまってよろしいのですか？」

「ええ。お願いします」

「もったいない……こんなにお綺《き》麗《れい》なのに」

私は、静かに首を振った。二週間前、魔狼に襲われたときにナイフで掻き切った髪は、肩甲骨に届くくらいの長さでバラバラになってしまっている。切り残されて長いままの箇所もあるから、乱雑な印象だ。綺麗さっぱり切りそろえて、気持ちを新たにしたいと思った。

「短く切っていただけますか？　肩につかないくらい短く」

アンナみたいな髪型に。

彼女みたいに何でもできて、誰かを支えられる人になりたい。

朗らかで、明るくて。今の私にできないいろいろなことを、できるようになっていきたい。……ギルベルト様の、お役に立ちたい。

「分かりました。それでは、失礼いたします」

しゃくしゃく、しゃく――というハサミの音を聞きながら、少しずつ軽くなる自分の髪を鏡越しに見つめていた。

髪を整えてもらった後、私は屋敷の中を歩いて自分のできそうなことを探した。部屋にこもっているばかりでは、お役になんて立てる訳がないのだから。ふと、書庫室の前で足が止まる。

「書庫室……」

何かの仕事をするのなら、あらかじめザクセンフォード辺境伯領について、きちんと勉強しておきたい。

そう考えて、書庫室に入った。地理や歴史の知識を増やしておきたい。知識は力になるから……この先、もしもギルベルト様が私を必要としてくれたとき、何かの役に立つかもしれないから。

時間が経つのも忘れて、日が暮れるまで書物を読み漁っていた。窓から差し込む日の光が薄れて文字が見えづらくなったから、使用人の方にろうそくの灯《あか》りを貰《もら》って読書を続けた。

――そのとき。

「お嬢様。失礼いたします」

背後から声をかけられた。振り返ると、執事服を着た男性が礼をしている。

「お食事の準備が整いました、お嬢様」

「……ありがとうございます」

にこにこ笑う執事服の男性は、三十代半ば。でも、執事の方はもっと年配だったはず。

……だとすると、こちらの男性は補佐の方なのかしら？　少し違和感を覚えたものの、気にするほどのことでもないかと思い直した。

それにしても、いつの間にか夕食の時間になってしまったらしい。……ギルベルト様はまだ、お屋敷に戻ってきていないようだけれど。

「お食事は、ギルベルト様がいらした後でいただきたいです。待たせてもらっても、いいですか？」

「あいにくですが、旦那様は急用のため今日はお戻りになりません」

「……え？」

彼の身に何かあったのだろうか。胸に不安がよぎり、顔がこわばってしまった。

「ギルベルト様から、『今日は一緒に夕食を』とお誘いいただいていたのですが……何かあったのですか？」

「ご心配には及びません。辺境伯閣下との打ち合わせが長引いているようです。お嬢様との約束はまた日を改めて、と言付けをいただいております。大変、残念がっておられましたが」

良かった。彼は、深刻なトラブルに巻き込まれた訳ではないらしい。胸を撫でおろした私のことを、執事服の男性は爽やかな笑みで見つめていた。

「お嬢様にお食事をお召し上がりいただくよう、仰せつかっております。どうぞこちらへ」

「分かりました」

男性に導かれるまま、私はダイニングへと通された。ひとりで食事をする最中、妙な視線を感じた――執事服の男性が、こちらを監視し続けている。

――あの方、何者なのかしら。ちょっと怖いわ……。

心の奥の不安を顔に出さないようにしながら、私は食事を続けていた。その男性が紅茶のポットを持ってこちらに近づいてくる。

「お茶のお代わりはいかがでしょうか、お嬢様」

「……頂戴します」

人当たりのよい笑顔で、男性は紅茶を注《そそ》いでくれた――しかし、次の瞬間、

「んん？」

と、男性はふしぎそうに呻《うめ》いて、私の顔を覗き込んできた。

「オレ、あんたの顔どっかで見たことある気がするなぁ……。どこで会ったんだろ？」

「な、なんですか、あなたは……!?」

「んーと……？」

紅茶のポットを持ったまま、首を傾げて考え込んでいる男性。私は恐怖感を覚えて席を立ち、ダイニングから逃げ出そうとした。

そのとき。

「ユージーン閣下！　何をしてらっしゃるんですか！」

という怒鳴り声が響いた。険しい顔をしたギルベルト様が、ダイニングに踏み込んでくる。

「ギルベルト様！」

私は助けを求めるように、ギルベルト様に駆け寄った。

「……エリィ」

ユージーン閣下と呼ばれた執事服の男性は、びっくりした様子で叫んだ。

「ん、エリィ？　エリィって……あぁ!!　そうだよこのお嬢さん、クローヴィア侯爵家のエリーゼ嬢じゃねぇか！　……てか、なんでギルの屋敷なんかにいるんだよ！」

いきなり正体を暴かれて、私は言葉を失っていた。ユージーン閣下？　私は、ようやくこの男性のことを思い出した。……ユージーン・ザクセンフォード辺境伯閣下だ。宮廷の晩餐会で、数年前に一度だけ会ったことがある。

「ちょっと変装して、お前の女を見てやろうかと思ってたんだが。……とんでもないことになってやがる。……やべぇだろ、なんで拉致ってるんだよ⁉　そもそも、エリーゼ嬢は死んだんじゃなかったのか⁉」

――私が、死んだことになっている？

ザクセンフォード辺境伯は血相を変えて、ギルベルト様の胸ぐらを掴《つか》んで喚き散らしている。ギルベルト様のほうが長身だから、辺境伯がギルベルト様を見上げるような形だ。

「説明しやがれ、ギル！　クローヴィア侯爵家のエリーゼ嬢が、どうしてお前の屋敷にいるんだ⁉」

ギルベルト様は、眉をしかめて黙り込んでいた。

「てめぇ！　黙秘とか絶対認めねぇぞ、おい！　訳分かんねぇよこの状況。王家にバレたらどうすんの⁉　事と次第によってはオレの首まで飛ぶぞ、これ‼」

顔色を赤くしたり青くしたりしながら、辺境伯は混乱しきっている様子だ。混乱していたのは、私も同じだった。ギルベルト様のもとでの暮らしが……ザクセンフォード辺境伯の乱入で、唐突に終わりを迎えてしまったのだから。

言い逃れなんてできない。これでおしまい……ギルベルト様にこれ以上ご迷惑をかけてはいけない。そう思った私は、ふたりの会話に割り込んだ。

「ザクセンフォード辺境伯閣下。どうか、レナウ卿をお咎《とが》めにならないでください」

辺境伯の前に進み出て、淑女の礼をとる。

「彼は私を救ってくれました。処罰を与えるべきは、私ひとりです」

ギルベルト様は、とっさに私の前に立った。

「閣下。これは俺の独断行動です。エリーゼ嬢に非はありません」

互いをかばい合おうとするような形になった私たちを眺めて、ザクセンフォード辺境伯はげんなりとしていた。

「は？　……なにこの悲恋モノの歌劇みたいな展開。オレ、悪役領主みたいな配役？」

頭を掻きむしりながら、辺境伯は私たちに言った。

「お前ら、ちゃんと説明しろ。……処遇とかを考えるのは、そのあとだ」

屋敷の応接室で、私は閣下とギルベルト様にすべてを打ち明けた。

「は？　王太子に婚約破棄された？」

ザクセンフォード辺境伯が、素っ頓狂な声を上げている。

「はい。私の人格に欠陥があるため王太子妃として不適合だと、アルヴィン殿下はおっしゃっていました。私ではなく、義妹のララを愛したいのだと」

「なんだそりゃ。あの王子、自由恋愛主義かよ！　モダンだな……」

ザクセンフォード辺境伯は、奇抜な言い回しが好きらしい。数年前にお会いしたときには、標準的な振る舞いをしていたように思うけれど……。

「けどよ。王太子妃ってのは、惚《ほ》れた腫れたで選ばれるものじゃねぇだろ？　大聖女の資格を持って生まれた女が王太子妃になるはずだ……その資格があれば、平民でも異国人でも構わないって法律だよな？　つまり、エリーゼ嬢は生まれつき〝資格〟ってやつを持っていたんだろ」

「……はい。その〝資格〟を、聖痕と言います」

言いながら、自分の左胸にそっと触れた。

「私は、左胸の肌に聖痕を宿して生まれました。……ですが、ある日突然その聖痕が消えてしまったのです。失われた聖痕は、なぜか義妹のララに宿っていました」

「聖痕って、要するにアザだろ？　消えたり他人に移ったりするモノか？」

私は、返事に困って首を振った。

「……分かりません。でも、事実です」

「ホントに消えたのか？　よし、オレがちょっと見てやるから、とりあえず脱いでみ」

と辺境伯が軽い口調で言いかけた瞬間、ギルベルト様が殺気を噴き上げた。

「閣下、お命を頂戴いたしたく存じます」

「怖《こえ》ぇよ、ギル！　冗談、冗談だって」

騎士と主君の間柄であるはずだけれど、ギルベルト様とユージーン閣下はとても仲が良さそうだ。

「まぁ、いいや。ともかく分かった。エリーゼ嬢は聖痕を失くして、大聖女兼王太子妃から外された。で、聖痕を宿した義妹が、あんたの立場に取って代わった。一方のあんたは厄介払いされて追い出されたけど、道中の馬車が魔狼に襲われた。で、居合わせたギルに拾われて現在に至る……みたいな話で、合ってるか？」

私がうなずくと、辺境伯は深い溜息《ためいき》をついていた。

「なんかいろいろ、奇妙な話だな。まぁ、どうでもいいや。オレ、疲れたから帰るわ」

「…………え⁉」

辺境伯は自分の肩をもみながら立ち上がり、早々に立ち去ろうとしていた。

「お帰りになる……のですか？　私の処遇は……？」

「放置でいいよ、オレ関係ねぇもん。知らないフリしとくから、上手いことやっとけ？」

はい？　と、私とギルベルト様は呆気《あっけ》にとられて辺境伯を見つめた。

「いや、だってさ。もしエリーゼ嬢が王太子の正規婚約者で、ギルが無理やり奪ってきたなら大問題だと思ったんだよ。……王家と喧嘩《けんか》するのイヤじゃん？　でも、聞いた話だといろいろ違うみたいだからさ」

気怠《けだる》げな態度で、話を続ける。

「要するに、エリーゼ嬢は王太子とクローヴィア侯爵家の両方から厄介払いされて、切り捨てられた訳だろ？　行方不明なのに、まともな捜索もされずに死亡扱いされたってことは、エリーゼ嬢は〝捨てられたゴミ〟みたいなもんだ」

辺境伯の言葉はとても的確で……反論する余地もない。

「閣下。彼女に対しては、もう少し言葉を選んでいただけませんか」

「ぶっちゃけそうじゃん。歯に衣《きぬ》着せてどうすんの？　……でさ、廃棄物の拾得は、この国じゃ違法でもなんでもない訳よ。だから、拾ったもん勝ちだ」

ギルベルト様が、驚いたように目を見開いている。

「閣下。……正気ですか」

「オレは割といつも正気だよ？　お前が拾った女なんだから、お前がきちんと面倒見てやれ。王太子と侯爵家が、ゴミと宝石の区別もつかないようなクズで幸運だったな」

皮肉っぽい口調でそう言うと、辺境伯はふらりと屋敷を出た。私たちも、辺境伯を追いかけるように外に出る。辺境伯は屋敷の前に停めていた馬車に乗り込んで、ニヤニヤしながら手を振っていた。

「ということで、オレはまたギルに貸しを作った訳だ。せいぜいオレに感謝して、崇め奉れ。馬車馬のように働けよ、ギルベルト団長？　それでは、さらば」

啞然《あぜん》としている私たちをその場に残して、辺境伯の馬車は去っていった。嵐の去ったあとのような、静けさだけが残っている。

「……昔から、ああいう方なんだ。ユージーン閣下は」

長い沈黙のあと、疲れた様子でギルベルト様がつぶやいていた。

「ギルベルト様……」

私は不安を拭いきれず、彼を見上げた。

「私は、どうなるのでしょうか」

「閣下は君への不介入を決めた。……自由に生きろと仰せだ」

どういう意味かよく分からず、私は首を傾げた。

「つまり。王太子がエリィを捨てて死者扱いしたのだから、身分を伏せて暮らせばいいと」

「！　これからも、あなたの近くにいていいのですか⁉」

うっかり声を張り上げてしまい、恥ずかしくなった。私は、なんて厚かましい女なのだろう。ギルベルト様に迷惑ばかりかけているのに、「そばにいさせてほしい」だなんて。

ギルベルト様はなぜか、返事に困った様子で息を詰まらせていた。

「エリィが拒まないのなら」

「……拒みません」

「ならば幸いだ」

やっぱりこの人は、優しい人だ。役立たずでお荷物みたいな私に、居場所を与えてくれるなんて。

彼はそっと、私の髪に触れた。

「髪を切ったのか？」

「ええ。アンナみたいな髪にしたかったんですが……私には少し似合っていない気がします」

「そんなことはない。……とてもよく似合っている」

今が夜で良かった、と私は心の底から思った。……真っ赤になってしまった顔を、見られずに済むのだから。

「屋敷に戻ろう、エリィ」

私は無言でうなずいて、彼に続いた。

……我ながら、愛想がない。嬉しすぎて、感謝の言葉が出てこなくなってしまったのだ。もし私が感情表現の豊かな女性だったら……ギルベルト様に、きちんと感謝を伝えられるのに。

ふがいない自分を恥じつつ、彼と一緒に屋敷に入った。

❄ ――――――――――― ❄ ――――――――――― ❄

■「君が幸せになるのなら」

――魔狼騎士　ギルベルト・レナウ

――エリィを救いたい。

彼女に「連れていってくれませんか……？」と請われた瞬間、彼女を救いたいという想《おも》いに駆られていた。

メライ大森林で出会ったエリーゼ・クローヴィア侯爵令嬢は、か細い肩を震わせながら、切実な目で俺に救いを求めてきた。青ざめた美貌も、傷だらけで壊れてしまいそうな華奢《きやしや》な体軀も、彼女のすべてが痛々しかった。

彼女を痛めつける者がいるのだと、俺はそのとき理解した。同時に蘇ってきたのは、遠い昔に出会ったエリィの姿だ。……俺はエリィに会ったことがあるのだ。十一年前に、一度だけ。

まだ六、七歳くらいだった彼女はとても可憐で、自分のことを「エリィと呼んでほしい」と言ってきた。……本当はエリーゼというのだが、亡くなった母だけが呼んでくれた〝エリィ〟という愛称が好きだから、と。

エリィはころころと鈴のように無邪気に笑い、仔犬《こいぬ》のように愛らしい、とても優しい少女だった。誰からも憎まれていた俺のことを、彼女は「優しくて温かい」と言ってくれた。出会ったばかりの俺を〝ギル〟と呼んで、大切な友人のように扱ってくれた。

——あの日エリィに出会えていなかったら、俺は今、この世にいない。

エリィが王太子妃になる女性だということは、以前から知っていた。彼女が俺のことを忘れていて、二度と思い出せないのだということも分かっていた。

彼女と自分には、今後なんの接点もないのだと。十分に、理解していた。

二度と会えないはずのエリィと再会できたことは、俺にとって喜び以外の何物でもなかった。あんな森の奥深くで、魔狼に襲われていた女性がまさかエリィだったとは。救った当初は気づかなかったが、気づいた瞬間、体の震えが止まらなくなった。

再会の喜びが湧き上がるのを押し殺し、王太子妃となる彼女の人生を狂わせるようなことがあってはならないと思って、敢えて冷淡に振る舞っていた。

ない。

──だが。

救いを求めるエリィを見て、たがが外れた。放っておける訳がない。エリィから受けた恩に報いたい……俺が願うのは、そればかりだ。エリィが俺を覚えていなくても構わない。

「クローヴィア嬢が俺の庇護を求めるのならば、俺は拒まない」

俺は彼女の前にひざまずき、その白い手に唇を寄せた。──敬愛と忠誠を誓う騎士の口づけだ。

エリィを害するすべてから、俺がエリィを守り抜く。君がかつてのように笑ってくれるのならば、誰を敵に回しても構わなかった。

「長居は無用だ。今すぐザクセンフォード辺境伯領へ戻る」

俺がそう言うと、エリィは表情をぱっと明るくした。さっきまで固い蕾《つぼみ》のようだった彼女の美貌に朱が差した瞬間を見て……俺の胸は、わずかに高鳴った。

足を痛めていたエリィを抱き上げ、俺は馬をつないでいた場所へ向かった。見ず知らずの俺に抱かれて、エリィはひどく怯えていた。

「な、何をなさるのです……」

「魔獣が来るのも、他人の目に触れるのも厄介だ。一刻も早く出発したい──こんな場所で人に出くわすことは、そうそうないだろうが。君をさらうからには、念には念を入れたい」

さらうのだ。

このまま彼女をさらって、俺のもとで隠し通す——クローヴィア侯爵家からも、王太子からも。だが、彼女が本当にそうなることを望んでいるのか、最後にもう一度確認しようと思った。

「最後にもう一度問うが。本気で俺にさらわれる覚悟があるのか？　自分で選べ。魔狼騎士が怖いなら、逃げたほうが賢明だ」

一瞬の戸惑いののち、エリィははっきりと言った。

「……あなたと行きます。助けてください」

細い腕で自分自身を抱きしめながら、自身に言い聞かせるようにそう発言していた。

——怖くない訳がない。震えを押し殺す彼女を見て、とても哀れだと思った。

手荒に扱えばすぐに折れてしまいそうなほど、エリィの体軀は華奢だ。大切なものを抱えるように柔らかく抱き、俺は彼女を馬に乗せた。

＊

馬を駆り、幾度かの休息を挟んで数日。たどり着いたザクセンフォード辺境伯領で、俺は人目を避けるように、エリィを自分の屋敷に住まわせた。

最初は怯えていた彼女が、傷が癒えるとともに少しずつ柔らかな表情を見せてくれるようになった。彼女の安らぎは、俺にとっての幸福だ。

このまま生涯、彼女を隠し通せたら――。

ふたりだけの閉鎖された時間の中で、彼女と見つめ合えたら――。

そんな想いが頭をよぎったことは、何度もあった。だが、現実は俺の願いとは逆方向に向かっていく。

「説明しやがれ、ギル！　クローヴィア侯爵家のエリーゼ嬢が、どうしてお前の屋敷にいるんだ!?」

と、主人であるユージーン・ザクセンフォード辺境伯閣下がある日、唐突に介入してきた。そして閣下が来た翌日、エリィは俺に訴えてきた。

「ギルベルト様。私を騎士団で働かせてくれませんか？　ザクセンフォード辺境騎士団には、アンナのような雑役婦の女性が多くいるのだと聞きました。騎士たちの身の回りのお世話をするお仕事を、私もしたいです。どんな雑用でも構いません……お願いします！」

……ただ匿われるだけの日々は、やはりエリィには苦痛だったのかもしれない。

エリィは、自分の意志でザクセンフォード辺境騎士団の雑役婦となる道を選んだ。どう考えてもエリィには不向きな仕事だが。ユージーン閣下が快諾していたから、俺が口を挟む余地はない。話はとんとん拍子で進み、今日からエリィは騎士団の雑役婦として働くことになったのだった。

生活の場を騎士団本部に移すにあたり、エリィは他の雑役婦と同様に、騎士団本部に併設された寄宿所で寝泊まりすることになった。彼女自身が言ったのだ……俺の屋敷を出て、他の方々と同じように住み込みで働きたいと。

「ギルベルト様。私に仕事を与えてくださって、ありがとうございます」

屋敷から出て、騎士団の基地へと向かう馬上で。俺とともに馬に乗っていたエリィが、声を弾ませて礼を言ってきた。

「嬉しそうだな。そんなに働きたかったのか？」

「はい。私、必ずお役に立ちます。……ご迷惑をかけないように気をつけますから、よろしく願いします」

希望と不安を入り混じらせた表情で、エリィは上目遣いに俺を見つめていた。そんな彼女の可憐さに見惚れてしまった俺は、どうしようもない間抜けに違いない。

「無理をしなくていい。困ったことがあったら、俺に言え」

騎士団で働くことが、彼女自身の幸せにつながるのなら。

俺はただ、彼女を見守るだけだ。

第3章　辺境騎士団～私の初仕事～

「本日より我らザクセンフォード辺境騎士団の軍属となる、新たな成員を紹介する。雑役婦のエリィだ」

　ここは、ザクセンフォード辺境騎士団の屋外演習場。早朝、集合した騎士たちの前で、騎士団団長であるギルベルト様が私のことを紹介した。濃紺の騎士服を纏《まと》う彼の姿はとても凜々しく、肩章と胸を飾る勲章が他の団員と違うのは、団長という地位を示しているのだろう。

　私は緊張しながらも、一歩進んで団員の皆さんに礼をした。

「エリィと申します。皆様、どうぞよろしくお願いいたします」

　今日から私は、雑役婦としてこの騎士団本部に勤めることになる。雑役婦というのは掃除や料理などをする下働きのことで、主に平民階級の女性が就く職業だそうだ。ギルベルト様の役に立ちたい一心で考え続けた私が、ようやく思い至ったのが雑役婦になることだった。

　ギルベルト様は最初、「侯爵家育ちの令嬢がする仕事ではない」と難色を示していたけれど。ユージーン閣下が「雑役婦？　いいじゃん、社会勉強みたいなもんだ。こんな辺境《ドいなか》じゃあエリーゼ嬢の顔は割れてねぇから、絶対バレねぇよ」と快諾してくれた。

これが私の、新しい生き方。そう思うと、とてもドキドキしてきた。

列席する数百人の騎士たち全員が、私を凝視している。頰を赤らめて熱い視線を注いでくださる方が大勢いるのは、どうしてだろう？　ひょっとすると、新メンバーである私に期待してくれているのかもしれない。

確かに、人員は多いほうが助かるに違いない。

期待してくださっている皆さんのために、私も役に立ちたい。そう思い、私は精一杯の微笑みを浮かべた。……だって、できればもう二度と「氷みたいに冷たい無愛想な女」呼ばわりされたくないもの。

「私は、皆様に喜んでいただきたいです。ご要望がありましたら、なんなりとお申し付けください。身を尽くしてご奉仕いたします」

私がそう言った瞬間、騎士の方々が激しくどよめいた。

「こ、こんな美人が⁉」

「ご、ご奉仕……………⁉　身を尽くす……⁉」

騎士たちは、なぜか生唾を飲み込んで真っ赤な顔になっている。……私、何か変なことを言ってしまったのかしら。

「だ、団長！　こちらのお嬢さんは雑役婦を務めるような身分の女性には見えませんが⁉」

「エリィさんは、いったいどちらの…………ひっ！」

浮き立つ団員を一瞬で凍りつかせたのは、ギルベルト様の静かな一声だった。

「──── 黙れお前たち」

威嚇する獣のような鋭い眼差しで、ギルベルト様が団員たちを睨んでいる。

「……言っておくが、妙な気は起こすなよ？　エリィに関する余計な詮索は一切禁じる。彼女への不敬は俺への不敬と思え。──以上、解散せよ」

魔獣さながらの凄絶さでギルベルト様がそう言うと、総員がびしりと敬礼してからそれぞれの持ち場に散っていった……思いがけず、ギルベルト様の厳しい一面を見てしまった。私が気後れしていると、ギルベルト様は溜息を吐き出した。

「不躾《ぶしつけ》な連中で申し訳ない。気のいい奴らなんだが、羽目を外しやすいのが難点だ」

「い、いえ。あの……怒っていますか？　ギルベルト様……」

「怒ってない。俺は普段からこの調子だ」

短く答えながら、ギルベルト様はすでに歩き始めている。

「雑役婦の業務は、厨房にいる婦長のドーラに聞いてくれ。……念のため言っておくが、騎士団本部における雑役婦の仕事は料理と掃除と洗濯、あとは傷病者の世話と子守りだけだ。それ以外の何かを騎士から求められても、絶対に応じるなよ？　万が一、不届き者がいたらすぐ俺に言え、そいつを懲罰房にぶち込んでやる」

……ギルベルト様はやっぱり、かなり機嫌が悪そうだ。立ち去る彼に向かって、私は深く礼をした。

「私の我《わ》が儘《まま》を聞いてくださって、ありがとうございます」

「不慣れな生活になるだろうが、無理はするなよ。分かったな？」

渋い表情をしつつも、私を気遣うような優しい口調でそう言うと、彼は去っていった。

「……私もがんばらないと！」

人生初の下働き。大聖女の修業には十一年間耐えてきたけれど、掃除や料理は生まれて初めてだ。

私に家事ができるのだろうか？　少し不安を覚えつつも、私はやる気十分で厨房に向かった。

*

「きゃぁあああ！」

人生初のお料理は、炎上して消し炭になってしまった。

「エリィ。あんた、もしかして料理は初めてだったのかい？」

鍋から出た火を馴れた様子で鎮火しながら、雑役婦長のドーラさんが大笑いしていた。

「………はい、申し訳ありません」

腰を抜かしてへたり込んでいる私を、ドーラさんは笑いながら引っ張り起こしてくれた。厨房にいた他の女性たちも、おかしそうに笑って「大丈夫〜？」と気遣ってくれている。

「初めての子に、いきなり強火調理を任せて悪かったね。ここいらの郷土料理は、強火が基本なんだよ」

ドーラさんは四十代前半の、ふくよかな女性だ。はつらつとした笑顔が印象的で、初めて会った瞬間「どこかで見たことがあるような……」と思った。聞けば、アンナのお母様なのだという。

「アンナったら、あんたのこと全然教えてくれないからさ。もうちょっと前情報があれば良かったんだけどねぇ。なんの準備もなくて、ごめんよ」

アンナが私に関することを話さなかったのは、私を気遣ってのことだろう。改めて、彼女への感謝の念が深まった。

「今日はアンナが非番だけど、明日からはあんたと一緒に仕事させるからさ。若い子同士のほうがいろいろ聞きやすいだろ？」

騎士団本部では、ドーラさんとアンナを含めた三十人余りの女性が雑役婦として働いているそうで、アンナが最年少なのだという。次点が私で、あとの皆さんは三十歳以上。

ちなみに、最年長の人は六十代だそうだ。

「アンナはおせっかいなところもあるけどさ。親のあたしが言うのもなんだけど、気が利くいい子さ。だから、気軽に頼ってやってよ」

「お心遣い、ありがとうございます」

「いいって、いいって。じゃあ、とりあえず今日は芋の皮剝きでもやってもらおうかね」

気を取り直して、皮剝きに挑戦する。……でも、皮剝きも惨憺《さんたん》たる結果で終わった。包丁の扱いがつたないせいで、芋の皮と一緒に自分の手の皮までざっくり切ってしまったのだ。

「エリィ⁉ あんた血塗《ちまみ》れじゃないかっ⁉」

「す、すみません……」

聖女の儀礼用ナイフなら、これまで何度も扱ったことがあるのだけれど……。料理は儀礼より何百倍も難しいものなのだと、私は生まれて初めて知った。

手の怪我を治療していただくのも、本当に申し訳ない。自分がここまで役立たずだとは思わなかった。

「……本当に申し訳ありません」

私がしょんぼりしていると、ドーラさんたちがからかうようにささやいてきた。

「まぁ、料理なんて馴れればすぐできるから、気にしないことだよ。あんた、金持ち商人の箱入り娘とかだったんだろ、きっと。見るからに育ちが良さそうだもの！」

「駆け落ちで団長のところに転がり込んできたとか、そういう感じかい？　お若いねぇ！」

どきり、としてしまった。私が侯爵家の出身であることは、絶対に隠さなければいけない。

「ええと……いえ、その……、私は……」

「あ、まともに答えなくていいからね!?　団長から、「エリィのことは詮索無用」って釘《くぎ》を刺されてるんだから」

「よっぽど気に入られてるんだね、エリィは！　あの硬派なレナウ団長が、こんなにご執心になるとはねぇ」

私がギルベルト様に、気に入られている？　それって、期待されているという意味かしら……。

「あたしら全員、団長には恩があるからねぇ。エリィの面倒を見るのは、あたしらの使命ってもんだよ。あんたを一人前の女にしてやるから安心しな！」

「今日の晩飯は、あんたの手料理を団長にたっぷり食わせてやりなよ」

「初心者でも作れる煮込み料理を教えてやるからね」

彼女たちは豪快に笑いながら、娘か孫に接するような態度で私に話しかけてくれた。

「み、皆さん……ありがとうございます！」

そして私は、ドーラさんたちの協力を得ながら夕食用の煮込み料理を作ったのだった。


団員全員にまかなう煮込み料理は大鍋十杯という大容量で、作るのに八時間もかかってしまった。時間も真心もたっぷり注ぎ込んだというのに、私の作った料理の出来は、とても残念な感じで……要するに、すごく不味《まず》かった。

「おや……、おかしいねぇ。どうしてこんなに不味いんだろう？　どんなに雑に作っても、それなりに食えるモノができるはずなのに……」

「味付けがおかしいね。砂糖と塩を間違えたんじゃないかい？　エリィ」

私は、がっくり肩を落とした。料理の才能がなさすぎて、泣きそうだ。

「ごめんなさい……。食材を無駄にしてしまいました。今日のお夕食、どうしましょう……」

「そりゃもちろん、全部食わせちまうのさ！　捨てたら食材がもったいないだろ？」

「え⁉　でも、こんなに美味《おい》しくないのに……」

「大丈夫、大丈夫！　うちの騎士団はガサツな男ばっかりだから、味の違いなんて、どうせ分かりゃしないよ！」

などと言いながらドーラさんたちは躊躇《ちゅうちょ》なく配膳を済ませ、団員たちに〝失敗料理〟を提供してしまった。一日の労働を終えた団員の皆さんは、勢い良く料理を口に運び込み……そして、同時に顔をしかめた。

「ん⁉ なんだこのメシ。妙な味だな」

「なんで煮込みがこんなにしょっぱいんだ……？」

「おいおい、今日の料理番は誰だよ⁉ なんでこんな味付けなんだ‼」

ああ。やっぱり皆さん、怒ってしまった。

「……申し訳ありません。本日の調理は、私が担当いたしました」

こうなったら、素直に自白するしかない……。私はビクビクしながら、皆さんの前に進み出た。

「作り間違えてしまい、すみません。明日からは、もっと慎重に作りま……」

非難の嵐が来ることを覚悟しながら、私が謝罪していたそのとき。

「二杯目を貰おう。まだ余っているか？」

と、よく響く声が投じられた。

「……ギルベルト様」

煮込み料理を平らげて、空っぽになった器を差し出してきたのはギルベルト様だった。

「……申し訳ありません。こんなひどい料理を食べさせてしまって」

「俺の味覚がおかしいのか？　美味《うま》くないとは思わなかった。腹が減っているんだ、二杯目を食いたい」

真顔でそんなことを言われたから……本当に涙がこぼれそうになってしまう。

団長であるギルベルト様の応対に倣おうとしてくれたのか、他の騎士たちもひとりまたひとりと「美味いような気がしてきた！」「おかわり‼」などと声を上げ始めた。

恥ずかしいのと申し訳ないのとで、顔が熱い。手が震えるのを何とかこらえ、その日の料理を配膳し続けた。何か言いたそうな眼差しでじっと見つめてくれるギルベルト様と目が合うたびに、何度も何度も頭を下げる。

──私は、あなたのお役に立ちたいんです。今日は失敗だったけれど、明日はもっとがんばります。

胸の中でそう叫びながら、私は仕事を続けた。

❄ ――――――――――― ❄ ――――――――――― ❄

――義妹／大聖女　ララ・ヴェルナーク

■大聖女ララの暗雲

大聖女なんて、ただのお飾りだと思ってたのに。王太子妃になりさえすれば、豪華ですてきな毎日が待っていると思ったのに。……なんか、違う。

わたしは不満を感じながら、今日も馬車に乗り込んだ。宮廷から中央教会の聖堂に向かう、王室の豪奢な馬車だ。

――あぁ、くだらない。なんで王太子妃のわたしが、毎日毎日、お祈りなんてしなきゃならないのかしら。

大聖女の白いだけの装束なんて脱ぎ捨てて、華やかなドレスに着替えたかったけれど。

……でも、そんなことをしたら、またアルヴィンさまに心配されちゃう。体調不良を口実にしてこれまで何度か大聖女の仕事をサボってきたわたしに、アルヴィンさまは心配そうな顔で覗き込んで「僕の妻でいるのが、ツラいのかい？」と言ってきた。

心配されるのはありがたいけれど、役立たずだと思われたら困るから……しばらくは、きちんと仕事しなきゃ。

中央教会に到着するなり、上位の聖職者たちが恭しく出迎えてきた。

「大聖女様。お待ち申しておりました」

馬車を降りて、無言で聖職者たちのあとに続く。聖堂の扉口には、背中の折れ曲がった老齢の大司教が立っていた。しわだらけの顔面の奥で、小さな両目が静かにわたしを見つめている。

「大聖女様、祈りをお捧げくださいませ」

――あぁ、かったるい。

不満を呑み下して、わたしは「はい」と笑顔で答えた。祭壇の前でひざまずいて、お決まりの祈詞を数十分唱え続ける。

毎日、大司教と会うのが本当にイライラする。アルヴィンさまからは、「大司教を味方に引き入れれば、大聖女の仕事を彼に丸投げできる」と何度も言われているけれど……この大司教《ジジイ》、全然私と親しくなる気がないんだもの。「自分で勉強なさい」の一点張りで、何も手助けしてくれない……もしかしてこのジジイ、ただの無能なんじゃない？

心のこもらない礼拝を終えたわたしが立ち上がると、近くに控えていた大司教が声をかけてきた。

「大聖女様。本日は宰相閣下と、王国騎士団の団長閣下がお見えになっております」

「え？」

宰相と騎士団長が、どうして聖堂なんかに来るの？　政治の話題なら宮廷で話すべきだし、そもそも政治に王太子妃が直接関わることなんて、ないはずだけど？

わたしが首を傾げていると、宰相と騎士団長が現れた。

「大聖女ララ様にご報告申し上げます。国内各所で、魔獣の出没報告が寄せられております」

「とりわけ東部アラントザルド伯爵領、南東部スルヴァ男爵領、南部カラナダ伯爵領では大きな被害が出ております。大聖女ララ様におかれましては、早急にご対処いただきたく――」

え？　対処って……なんのこと？

「魔獣を倒すのはわたしではなく、現場の聖騎士や聖女たちでしょ？」

わたしがそう答えた瞬間、宰相と騎士団長は顔色を変えた。

「………だ、大聖女様？」

「ご乱心遊ばされましたか……？」

……は？　何よ、その態度。一体なんなの？

「魔獣対策は、大聖女様の最重要任務のひとつではありませんか⁉」

「国内二百九十八名の聖女、ならびに千八百九十六名の聖騎士たちの最適な配置をご提示なさるのが、貴女様のお役目ではありませんか！　まさかとは思いますが、その程度の知識もお持ちでないと……⁉」

愕然《がくぜん》として青ざめている宰相と、怒気を噴き上げて真っ赤になっている騎士団長。ふたりの男たちが声を荒らげる様子に、わたしは恐怖さえ感じた。

「……っ、な、何よそれ……」

わたしが反論しようとした瞬間、大司教が割り込んできた。

「宰相閣下、団長閣下、どうかお鎮まりください」

「大司教、これは一体どういうことだ！」

「大聖女様がこのような有り様では、教会権威の失墜も避けられませんぞ⁉」

狼狽《ろうばい》している男ふたりに向かって、大司教は苦い顔をしながら反論していた。

「大聖女様はご就任直後であり、まだ実地経験がないのは事実です。しかし今回の布陣決定に際しては、私が補佐をいたしますのでご心配には及びません。布陣を定め次第お伝えしますので、今はお引き取りください」

宰相と騎士団長は、失望も露わな眼差しでわたしを睨みつけてから、礼をして立ち去っていった。……今まで、どんな男でもわたしのことをチヤホヤしてくれてたのに。こんな侮蔑的な扱いを受けるなんて、許せない……。

彼らが立ち去って、大司教とふたりきりになった瞬間にわたしは怒鳴った。

「大司教！　どういうことよ⁉　なんでわたしが下っ端の聖女たちの配置決めをしなきゃならない訳⁉」

「ひっ……」

わたしの剣幕に驚いたらしく、今まで毎日偉そうな態度をとっていた大司教がひきつった声を上げげた。血の気の失せた大司教は、もはやただの痩せた老人にしか見えない。

「なによ！　ビビってないでさっさと教えなさいよクソジジイ！」

「……ララ様。もしや、何もご理解いただいてなかったのですか？　アルヴィン殿下から「すべてよしなにせよ」と仰せつかっておりましたが……まさか一切の予備知識もなしに、大聖女になられたのでしょうか。ご就任の日にお渡しした〝神託の書〟は、お読みになったのでしょう？」

「はぁ⁉　そんなのまだ読んでないし！　わたしは王太子妃なんだから、毎日いろいろ忙しいのよ！　あんな分厚い本なんて読む暇ないわ」

「……な、なんと」

よぼよぼ老人の大司教は、かなりのショックを受けたらしくその場でガクリと膝を突いていた。冗談じゃないわ、ショックなのはこっちのほうよ。

　わたしは大司教の胸ぐらを摑んで引きずり上げた。

「うぐっ」

「ちゃんと説明しなさい！　わたしの仕事って、一体なんなの⁉」

「あなたのもっとも大切な仕事は、〝神託〟です」

　神託？　それって、女神のお告げのことよね……。

「神託という言葉は、本来は〝神のお告げ〟という意味ですが、我ら聖職者にとっては特別な意味を持つ言葉です。すなわち、女神アウラの代行者である大聖女が能力を使いながら、国内すべての聖女と聖騎士を最適な配置で各領に派遣するための布陣をお決めになること」

「布陣……？　さっき宰相たちが言ってた、配置決めのことね」

「派遣された各地で、聖女と聖騎士は瘴気を祓《はら》ったり、地方の騎士団と共闘して魔獣の討伐を行ったりします。しかし、瘴気や魔獣は流動的なものですから、布陣にはこまめな訂正が必要となります。それゆえ、大聖女は数か月に一度程度は〝神託を下す〟という形で、聖女らの布陣を決め直します」

「配置決めなんて、大聖女《わたし》じゃなくてもできるでしょ⁉」

「いいえ。あなたにしかできない役目です。大聖女の聖痕は、大気や生体などに内在する魔力素を感じ取るための〝第三の目〟のようなもの。第三の目を通して世界を見つめ、ひとつひとつの駒である聖女・聖騎士を最適に配置する才能こそが、大聖女様には求められるのです」

「は？　建て前なんてどうでもいいのよ！　実際は大司教《あんた》が経験則で決めてたんでしょ？　アルヴィンさまがそう言ってたもん！　だから、今後もあんたがやりなさいよ!!」

わたしが叫ぶと、大司教は引きつった顔をしていた。

「先代の大聖女が死んだあと、あんたが代わりに神託をやってたんでしょ？」

大司教は、口を引き結んだまま沈黙している。

「何困ってるのよ!?　わたし神託なんてできないから、あんたに代わりを頼むって言ってるの！」

「…………できません」

「はぁ!?」

このジジイ、いい加減に――と怒鳴りつけようとしたその瞬間。絶望しきった顔で大司教が告白してきた。

「私には神託など下せません。先代の大聖女様がお亡くなりになった後、代わりに神託を下していたのは、実際には私ではありませんでした。〝優れたお方〟の功績を横領する形で、私が名乗っていただけです」

「……なっ⁉」

まさかの役立たず宣言に、わたしはパニックになった。

「ふざけないでよ、クソジジイ！　じゃあ、その〝優れたお方〟って奴を連れてきなさい、今すぐ‼」

「できません……」

そして大司教は、つぶやいたのだ。

「今まで密《ひそ》かに神託を代わりに下し、この国を陰で支えてきたのはエリーゼ・クローヴィア様でした」

エリーゼが⁉

死んだエリーゼの名を、こんなところで聞くなんて。大司教からとんでもない告白を聞いてしまい、私は呆然としていた。

「でも……エリーゼはあくまで大聖女の内定者にすぎなかったでしょ⁉　聖痕は持っていたけど、まだ大聖女には就任してなかった。なのに、どうして神託なんて下せたの？」

「エリーゼ様の努力と経験によるものでございます。……本来は、就任前の内定者には、正確な布陣を敷くなど不可能です。しかし、エリーゼ様は幼少時より先代の大聖女様のもとで修業を積み、足らない力を経験で補っていたようです」

「そんな……」

心が折れかけたけど、すぐに重要なことに気づいた。

「でも、たかが内定者のエリーゼにできたんなら、本物の大聖女のわたしも、当然できるわよね⁉」

「もちろんです。というよりも、大聖女様が神託を下すのが本来の形ですので、ぜひラ様に励んでいただきたい」

「分かったわ、やるわよ！　で、どうすればいい訳？」

「まずは魔力素を感じ取り、瘴気や魔獣の湧きそうな領地を予測してください。危険な領地ほど手厚い人員配置となるように、聖女・聖騎士の布陣をお決めいただきます」

は……？　さっそく意味不明だ。

「魔力素って何よ。わたし、何も感じ取れないけど」

「おそらく、聖痕を宿すだけでは見えないのではないでしょうか？　本来ならば、大聖女内定者となった時点で幼少時から鍛錬を始めるものですから。エリーゼ様は、かなり精密に魔力素を感知しておられるご様子でした。常に謙虚で実力も高く、大変すばらしいお方でした……」

大司教がエリーゼを褒めたたえた瞬間、わたしの頭に血がのぼった。

「あの女より、わたしのほうが劣ってるって言いたいの⁉」

カッとなって、わたしは大司教を突き飛ばした。「ぐぁ」と苦鳴を漏らして床に転がった大司教を、射殺すような目で見下ろす。

「身の程をわきまえなさい、大司教。あんたみたいな役立たずのジジイは、クビにしてもいいのよ⁉ 答えなさい、エリーゼとわたし、どっちが優れてる？」

「ラ、ララ様で、ございます……」

わたしはフン、と鼻を鳴らした。

「分かればいいのよ。……それならさっさと、エリーゼにやったのと同じ修業をわたしにしなさい？　大聖女の神託ってやつを、わたしもやってあげるわ」

エリーゼにできたことが、わたしにできない訳がないんだから。

「エリーゼ様と、同等の修業を……ですか？　承知しました。ならば、こちらへ」

大司教は、わたしを地下の宝物庫に導いた。宝物庫にあったのは、宝の山なんかではなく……書物、書物、書物。四方の壁にびっしり並んだ膨大な書物に、わたしは圧倒されていた。

「エリーゼ様は、十一年の歳月をかけてこれらの知識をすべてご自身のものとなさっておりました。加えて、毎日五時間の精神鍛錬をこの聖堂にて続けておられましたが。まずは精神鍛錬からお始めになりますか？」

「……ばっ、バカくさい！　ふざけないでよ、要領悪すぎ……」

わたしは精一杯の虚勢を張って、大司教を睨みつけた。

「わたしは、もう王太子妃なんだから。暇を持て余してたエリーゼとは、状況が違うの！」

「と、仰《おつしや》いますと？」

「要点を教えなさい、ってことよ！　重要なところから、かいつまんで教えなさい！」

大司教の老いた顔が、失望しきったように歪んだ。

──何よ、その顔。わたしをバカにしてる訳？

エリーゼにできたことなら、わたしにだって絶対できるに決まってる。ただ、わたしはひとりぼっちのエリーゼと違って、他人の力を上手に利用してやり遂げようっていうだけよ！

「あんた、ずっと大司教やってるんでしょ⁉　長年溜め込んできた知識やら経験やら、そういうのをちゃんとわたしに教えなさい。そうすれば、わたしのほうがエリーゼよりずっと上手に仕事をこなせるんだから！」

聖痕の宿る左の胸が、どくりどくりと不穏な拍動を続けていた。

❄　――――――――――――――　❄　――――――――――――――　❄

■「あなたの役に立ちたい」

紅茶色の髪を揺らして、アンナは朗らかに笑う。

「大丈夫ですよ。そんな顔しないで、エリィさん。失敗なんて、誰だってするんだから」

ある日の朝食後。厨房で片づけ中にお皿を割ってしまった私を、アンナがすかさず助けてくれた。

「割れたお皿は、手で直接さわっちゃダメですよ。怪我しちゃうから」

箒《ほうき》で掃き寄せた破片をボロ布に包み、手早く片づけてくれた。本当に、彼女は何をやっても手際がいい。

私が雑役婦として働き始めて、早二週間。失敗した回数は星の数。再現不能な炭料理を作ってしまったり、洗濯物を生乾きのカビだらけにしてしまったり……思い出すだけでも胃が痛くなるような、羞恥の連続だった。

それにもかかわらず、雑役婦や騎士の皆さんは、愛想を尽かさず応援し続けてくれている。

「ほ、本当に、ごめんなさい……」

「大丈夫、大丈夫」

そばにいた他の雑役婦の方々も、横合いから声をかけてくれた。

「皿割ったくらいでそんな落ち込んでちゃダメだよ、エリィ」

「アンナも昔は、相当割ってたよねぇ」

「そうだよ！　仕事は馴れだよ、馴れ」

いつか馴れる日が来るといいけれど……。

雑役婦のリーダーを務めるドーラさんも、昨日「壊滅的なミスは減ったし、あんた成長が早いほうだと思うよ！」と褒めてくれたけれど。成長している実感は、まだあまりない。

厨房の片づけが終わったら、今日はアンナと一緒に騎士団本部の床掃除をすることになっている。掃除道具を物置から取り出していたアンナに、私は声をかけた。

「アンナ。床掃除なら、私だけでも大丈夫よ。だから、ルイのそばにいてあげて」

「……エリィさん」

ルイというのは、アンナの弟のこと。アンナには、四歳の弟ルイと七歳の妹ミアがいて、弟も妹もふだんは寄宿所内で他の子供たちと一緒に過ごしている。でも、ルイは数日前から熱を出して、ひとり別室で休んでいるのだった。

——本当は、回復魔法をかけてあげたいけれど。

私が聖女の能力を持っていることを、騎士団の皆に明かす訳にはいかない。もちろん容体が悪化すれば、人払いをして回復魔法を施すつもりだけれど、幸いそこまで深刻な様子ではなかった。

「たいした熱じゃないから、大丈夫ですよ。お仕事中だし……」

「少し様子を見に行くだけでも、どうかしら。アンナがいれば、ルイも安心すると思うの。まだ四歳だもの」

アンナには助けてもらってばかりだもの。たまには、私も彼女の助けになりたい。

「……じゃあ、ちょっとだけルイの顔見てきます。すぐ戻りますね。ありがとう、エリィさん！」

嬉しそうな表情で駆けていくアンナを見て、私の胸はあったかくなった。

「よし、私もがんばろうっと！」

大丈夫。床掃除くらいは、私ひとりでもなんとかなる。雑役婦になってから、何度かアンナと一緒にやってきたもの。手順も道具の使い方も、しっかり覚えているし。

そして私は気合十分で、非番の騎士たちがくつろぐ休憩所のモップがけを始めたのだけれど——残念なハプニングが、またひとつ。

「きゃぁ！」

作業を始めて十分足らずのうちに、モップをバケツに引っかけてしまった。バケツの中の水が盛大にひっくり返り、床がびしょびしょになってしまう……。

その場に居合わせた五，六人の騎士の視線が、一斉に私に注がれた。

「す、すみませ……」

床に這って雑巾で拭き始めようとした私のところに、彼らはズザ、と瞬時に駆け寄ってきた。

「いいよ、いいよエリィちゃん。床拭きなんて、おれに任せとけ！」

「ずるいぞお前、俺が拭く！」

「モップは、こうやって握るといいんだぜ？　ちょっと手を貸してごらん？」

「エリィさん、タオルをどうぞ。お召し物が濡《ぬ》れていますよ」

「着替えあるか、エリィちゃん？　貰ってこようか⁉」

えっ……。

熱のこもった気遣いの声が一斉に降り注いできたので、ぽかんとしてしまった。

「あ、あの……どうかお気遣いなく」

いつも忙しく働いてくださる皆さんに、床掃除ごときでご迷惑をかけてはいけない。ましてや、これは私のミスなので……。

「本当に大丈夫です。私のことは、どうか捨て置いてください」

「「「「捨て置ける訳がない‼」」」」

なんて優しい方々なんだろう。

「……重ね重ね、申し訳ありません」

「気にすんな、エリィちゃん」

「謝罪じゃなくて、君の『ありがとう』が聞きたいな！」

「そうそう。できれば君のかわいい笑顔付きで…………」

鼻息荒くそう言ってくださっていた騎士の方々は、しかしなぜか突然に凍りついた。

「「「「…………で、では。エリィさん。我々は失礼いたします」」」」

ササササと蜘蛛《くも》の子を散らすように去っていく彼らを、私は呆然と見送っていたのだけれど。

「ふむ、リックとマーヴェとユゴとエイベルとビルか。あいつら全員、懲罰房行きだな」

という低い声が背後で響き、私は思わず振り返った。

「ギルベルト様……！」

腕を組み、不機嫌きわまりない態度でギルベルト様が騎士たちの背中を睨みつけていた。

「ち、懲罰房⁉　いけません、ギルベルト様。あの方々は、私に良くしてくださっただけです！　罰を与えるのなら、この私に」

「……冗談だ」

気まずそうな顔をして、ギルベルト様は溜息をついていた。

「冗談？　そ、そうでしたか」

いつも真顔か少し怖い顔の二択みたいなギルベルト様でも、冗談を言うことがあるのね……。と、私は少し驚いていた。

「ここでの暮らしはつらくないか？」

いきなりそう尋ねられ、言葉の意味が分からなかった。

「辞めたくなったら、すぐに言うんだ。無理に働く必要はない、いつでも辞めていい」

「辞める……？」

やっぱりギルベルト様は、役立たずな私を解雇したいのだろうか。確かに私はミスだらけで、現状では足手まといにしかなっていない。でも……辞めるのは嫌だ。

辞めたら、ザクセンフォード辺境伯領で暮らす口実がなくなってしまう。住み込みの雑役婦として寄宿所に寝泊まりしている生活だから、解雇されれば住む場所もない。ギルベルト様にご迷惑をかけるのがつらいから彼のお屋敷を出たというのに……役立たずのまま、居場所をなくしてしまうなんて。

「エリィ？」

気遣わしげに覗き込んでくるギルベルト様に、どう答えたらいいか分からない。血の気が引いて、指先が冷たくなってきた……。

そのとき。

「ちょっと団長ったら！　勝手にエリィを辞めさせないでくださいよっ⁉　あたしら雑役婦の、貴重な人員なんですからね」

という中年女性の声が、投じられた。

鼻息荒く私たちの間に割り込んできたドーラさんが、がっしりと私の肩に腕をかけた。

「……ドーラさん⁉」

「団長ったら、女心が分からないんだから、もう！」

不敬きわまりない態度で、ドーラさんはギルベルト様に正面切って文句を言っていた。

「やる気のある子は、足掻《あが》き続《つづ》けりゃ必ず伸びていくんです。この子は今、足掻いてる真っ最中なんだから、勝手に処遇を決めたらダメですよ？　……まぁ、団長がこの子を他の男の目に晒したくないって気持ちも、よ――く分かりますけどねぇ？」

言われた瞬間、なぜかギルベルト様は顔を火のように赤くしていた。

「っ……おい！　ドーラ‼」

「分かりますよぉ、団長。長い付き合いなんだから」

あははは、と豪快に笑い飛ばしながら、ドーラさんはギルベルト様の背中をばしばし叩《たた》いていた。「こら」と睨まれてもたじろがず、堂々と歩き去っていく。

「ありがとね、エリィ。ルイのこと、気にかけてくれたんだって？　熱はさっき下がったってアンナが伝えてきたから、もう大丈夫だよ」

振り返りざま、私にニカッと笑いかけてからドーラさんは休憩所を出ていった。

「まったく――」

「あの。ギルベルト様……！」

舌打ちしているギルベルト様に、私は勇気を出して言った。……ドーラさんが不敬罪を覚悟で助け船を出してくれたのだから、私だってきちんと言わなければならない。

「お願いします、私を辞めさせないでください！　必ず、もっとお仕事を覚えます。絶対に役立ってみせますので」

「……役に立つ、か」

ギルベルト様は、なぜか悲しそうに眉を寄せた。

「他人の役に立つことばかりに、固執する必要はないぞ」

「……え？」

「いや、何でもない。君のやる気はよく分かっている。いてくれるのならもちろん、働いてくれて構わない。人員は貴重だ」

私の頭にぽん、と触れてからギルベルト様は去っていった。

「……ありがとうございます！」

私は深い礼をして、彼の背中を見送った。

*

その夜。

私は自分の個室でベッドに横たわり、ずっと考えごとをしていた。

「……私は、どうしたらお役に立てるのかしら」

料理も掃除も洗濯も、わずかながら覚えてきた。芋の皮は剝けるようになったし、今日の失敗でモップの扱い方にも馴れた。ひとつ失敗するたびに、自分なりに進歩できていると思う。

……でも、ギルベルト様はあまり喜んでくれていない気がする。

どちらかというと、心配されていると思う。迷惑ではなく、心配……きっとギルベルト様は、本当に優しい方なのだろう。こんなに優しくて物静かな男性が、どうして世間から〝魔狼騎士〟とか〝残虐〟とか悪口を言われているか理解できない。

それに、ザクセンフォード辺境騎士団は粗野で暴力的な集団だという噂も、やっぱり間違いだった。実際に働いてみれば、根も葉もない噂だったのだとすぐ分かる。雑役婦の皆さんがのびのび働いているのも、騎士団全体の雰囲気が明るいからに違いない。

「ギルベルト様も、皆さんも、本当にいい人たちだもの。私もきちんと恩返しがしたいわ」

胸が苦しくて、ごろんと寝返りを打った。

もっと根本的な。騎士団全体の、ひいてはザクセンフォード辺境伯領全体の役に立てるような働きはできないだろうか？　……だって私はこれまで、国全体を導くための鍛錬を十一年も続けていたんだから。

大聖女にはなれなかったけれど。これまでの経験を活《い》かしてできることはないだろうか？

「————————！」

ふと、ひらめいて飛び起きた。

「できるわ！　今すぐお役に立てること、ちゃんとある」

興奮で胸が高鳴っていく。今すぐ始めたくて、もう我慢ができない！

文机《ふづくえ》から紙とペンとインクを取り出し、私はさっそく作業を始めた。

❄ ―――――――― ❄ ―――――――― ❄

――魔狼騎士　ギルベルト・レナウ

■真夜中の来客

「ここだけの話……エリーゼ嬢の妹って、すげぇ無能らしいよ」

生あくびを噛《か》み殺《ころ》しながら気怠げにつぶやくユージーン・ザクセンフォード辺境伯閣下の言葉を、俺は黙って聞いていた。

「神託のクオリティが、恐ろしく低いんだってさ。二百九十八人しかいない聖女をハチャメチャに派遣してるから、貴族どもは裏で青ざめてるよ。大聖女の神託は絶対命令だから、文句言う訳にもいかないから――ってさ。うちの領は相変わらずふたりしか派遣されてないから、良くも悪くも現状維持だけど」

「――さようでございますか」

事務的にそう返事をすると、ユージーン閣下はいつものようにニヤリと笑った。

「お前いま大聖女ララのこと考えて、イラッとしただろ？」

「俺には関わりのないことです」

「へいへい。じゃ、本題入っとく？」

言いながら、閣下は騎士団が提出した魔獣の討伐報告書の束をめくっていた。

「……増えたよなぁ、魔獣。とくに魔狼がやたらと多い」

「メライ大森林の近傍の村々では、魔狼によって百人単位の負傷者が出ております。幸い、巡礼中の聖騎士らの協力を得て、死者を出さずに済みましたが……」

「うーん、やっぱりメライ大森林からあふれ出てきたんだろうなぁ。普通は森の最奥に群棲《ぐんせい》してるって話だけど、最近はやたら人里に出るケースが多いな……。魔獣の生態系みたいなのが、おかしくなってんのかね。いっそメライ大森林を全部切《き》り拓《ひら》いちまいたいが……」

大森林を切り拓くなど、実際にはできることではない。できないと分かりつつ、閣下はぼやいていた。森は魔力の根源だ――森を拓いてしまえば、聖女や聖騎士の魔力は低減するだろう。メライ大森林のような原生林なら、なおのことだ。

「仕方ねぇけど、ひとまずは、メライ大森林の周辺を警護する騎士を増やしてくれ」

「かしこまりました。北の湖水地帯にも別の魔獣が多く湧いています、そちらにも人員を割くべきかと」

「ん、お前に任せる。国境の守備も固めとけよ」

「心得ております」

辺境騎士団の業務は、魔獣対策だけではない――むしろ、魔獣や瘴気の排除は本来、教会所属の聖騎士や聖女の主業務だ。しかし、聖騎士と聖女の人員不足が深刻なため、辺境騎士団が率先して行っている。

辺境騎士団《われわれ》は魔獣対策に加えて、治安の維持や貧民救護、国境警備などさまざまな業務を限られた人員で行っているのが現状だ。

「人手不足って、イヤだねぇ。流れ者の傭兵《ようへい》とか、いっぱい雇って増員しちゃおうかな」

「兵力が増えるのは助かりますが、質の低下は避けなければなりません」

「だよなー」

ユージーン閣下は開き直った様子で笑っていた。

「うちの領地は現状、騎士のレベルはかなり高いもんな。お前を含めて全員魔法が使えない奴ばっかりだってのに。魔法なしでこれだけの成果を打ち出し続ける組織って、かなり優秀だよ。……どっちかって言うと、問題は聖女不足だな。土地がだだっ広いくせに、聖女が全然足りてないから深刻だ。だから魔獣が湧くといつも後手に回っちまうし、騎士団の負担も減らせない。困ったもんだね」

「同感です」

などという会話をユージーン閣下としてきた、その日。

騎士団本部に戻ってみると、掃除中のエリィに非番の騎士たちが群がっていた。彼女はバケツの水をひっくり返してしまったらしく、騎士たちは鼻の下を伸ばしてエリィを手助けしていた。

「いいよ、いいよエリィちゃん。床拭きなんて、おれに任せとけ！」

「ずるいぞお前、俺が拭く！」

「モップは、こうやって握るといいんだぜ？　ちょっと手を貸してごらん？」

「エリィさん、タオルをどうぞ。お召し物が濡れていますよ」

「着替えあるか、エリィちゃん？　貰ってこようか!?」

――何が着替えだ、貴様。……モップの持ち方を教えるために、手を握るだと!?

「重ね重ね、申し訳ありません」

健気《けなげ》に謝るエリィが、痛々しい。庇護欲を掻き立てられた様子で、騎士どもは息を呑んでいる。

「気にすんな、エリィちゃん」

「謝罪じゃなくて、君の『ありがとう』が聞きたいな！」

「そうそう。できれば君のかわいい笑顔付きで…………」

俺は腕を組んだ。うっかり両手を自由にすると、衝動のままに全員殴り倒してしまいそうだからだ。

「「「「ひっ！」」」」

ようやく俺がいると気づいた騎士どもは、青ざめて退散していった。

まったく、油断も隙もない、こんな狼みたいな奴らがうろついている場所で、どうしてエリィを働かせなければならないんだ⁉

「ギルベルト様……！」

困惑しているエリィに、俺は尋ねた。

「ここでの暮らしはつらくないか？　辞めたくなったら、すぐに言うんだ。無理に働く必要はない、いつでも辞めていい」

不慣れな暮らしに苦労しているのではないかと思って、真心で言ったつもりだったが。

俺はかえって、エリィを困らせてしまったらしい。

「お願いします、私を辞めさせないでください！　必ず、もっとお仕事を覚えます。絶対に役立ってみせますので」

＊

その夜。俺は寄宿所内の居室のベッドに寝転がり、エリィのことを考えていた。――余談だが、エリィが俺の屋敷から寄宿所に転居して以来、俺は一度も屋敷には戻っていない。

メライ大森林で出会ったとき、彼女は俺に訴えてきた。

『私を、あなたのところに連れていってくれませんか？　必ず、あなたのお役に立ちます。絶対にあなたを困らせません。だから、お願いします……どうか私を助けてください！』

役立つ。役に立ちたい。

エリィはいつも、口癖のように「人の役に立ちたい」と言う。だが、俺はそんなエリィを見ていると、胸がざわつくのだ。まるで、役に立たなければ生きていてはいけないのだと、思い込んでいるようにも感じる。

彼女はこれまで、どれほどつらい境遇にいたのだろうか。あの華奢な体で、どれだけの重圧に耐えながら生きてきたのだろうか。

「……エリィ」

何にも怯えず、笑っていてほしい。

のんびりと、幸せに生きてほしい。

とびきりの笑顔が見たい……初めて出会った、子供の頃のエリィのように。

喉がつかえて居心地が悪くなり、俺は寝返りを打った。エリィのことを思うと、動悸《どうき》がする。

「……俺が匿っていることは、君の幸せにはならないようだ」

外界から遮断されたふたりきりの世界で、彼女を守って密やかに暮らす。そんな願望がまったくないと言えば、嘘になる。だが、そんな生き方ではきっとエリィは幸せになれない。

不安や怯えのないのびやかな心で、人の輪の中で貢献しながら生きていく——それが、エリィにとっての幸せな生き方なのだと思う。だとすれば、俺が為すべきことは——。

こつ、こつん、というぎこちないノックの音がして、俺は目を開けた。

こんな真夜中に、誰だ？

「……ギルベルト様。起きていらっしゃいますか？」

「エリィ⁉」

エリィの声を聞いて、俺は耳を疑った。こんな夜中に、なぜ俺の部屋に来るんだ。

「夜分にすみません。大切なお話があって。……日中では、他の方の目があるかと思って」

「分かった。待ってくれ」

　寝乱れた襟を整えてから、俺は燭台《しょくだい》を持って扉に向かった。扉を開けて真っ先に目に入ったのは、エリィのたおやかな美貌――ではなく、顔より高く積み重ねられた書類の束だった。

「エリィ⁉　なんだその書類の山は」

　それを抱えて、肘でノックをしていたのだろうか。妙にぎこちなかったノックの理由を理解した。

「……思いつくまま書《か》き綴《つづ》っていったら、すごい枚数になってしまいました」

　書類の束が重いらしく、エリィは足をよろつかせている。バランスが崩れて書類が舞い散りそうになったので、俺はとっさにエリィを支えた。紙束の奥にあった、エリィの顔がようやく見えた。彼女はとても嬉しそうに、目を輝かせて俺を見上げている。その愛らしさに、俺の心臓が早鐘を打つ……。

「……それで、大切な話とは？」

「こちらの書類に書き込んだ内容なのですが、できれば口頭で説明を加えたいです。今、お時間いただいても大丈夫ですか？」

　と、エリィは俺に問いかけてきた。俺の部屋で話をしたい、という意味らしい。

「…………………」

真夜中に男の部屋に押しかける意味が、分かっているのだろうか？　……いや、絶対に分かっていないな。思いついたアイデアを今すぐ伝えたくて仕方ない！　とでも言いたげな表情で、エリィは頬を上気させている。

むげに断れば、エリィが傷つくに違いない。

……俺が間違わなければ済む話だ。自分を律するように短い息を吐き出してから、俺は大きく扉を開いた。

「入るか？」

「ありがとうございます」

嬉しそうに頬を染め、エリィは俺の部屋に入ってきた。

「エリィ……それは、何の書類なんだ？」

机の上に、冗談のようにうずたかい書類の山が積み重ねられている。俺と並んで椅子に腰かけたエリィは、説明を始めた。

「ザクセンフォード辺境伯領内で発生しうる魔獣被害の予測と、最適な聖女・聖騎士の人員配置を検討してみました」

「………………？」

何を言っているんだ？　と、思わず首を傾げてしまった。エリィは目を輝かせながら、一枚目の書類を俺に手渡してきた。

「まずは、こちらをご覧ください。領地の概略図ですが、間違いはありませんか？」

「概略図？　かなり正確な地図だが……この地図はエリィの手描きなのか？　ザクセンフォード辺境伯領に、ずいぶん詳しいじゃないか」

湖畔面積や山岳の配置まで、ほぼ正確な比率で描き込まれている。

「ギルベルト様のお屋敷の書庫室で、地図も読ませてもらっていたので。だいたい記憶していました」

「……暗記したのか？　すごい技能だな」

俺はすでに驚いていたが、エリィは得意がる様子もなく次の書類を差し出してきた。

「二枚目以降の書類ですが……概略図を前提として、地理・魔力素流動の特性を考慮し、魔獣の発生しやすい場所をリストアップしてみました」

「!?　魔獣の出現予測……そんなことができるのか？　教会の高位聖職者でさえ、魔獣の行動は読み切れないと言われているぞ？」

俺がそう言うと、エリィは申し訳なさそうに頭を下げた。

「すみませんが、私の予測も完璧とは言えません。だいたい七割くらいの正確さだと考えてください」

七割？　……十分すぎるほどの精度だ。俺が唖然としていると、エリィは残念そうに声を落とした。

「聖痕が失われる前までは、もっと詳しく魔力素の流れを感知できたのですけれど。……情けないことに、今はぼんやりとしか分かりません。あまりお役に立てず、恥ずかしいです」

「ちょっと待て、どこが恥ずかしいんだ。つまり……エリィは魔力素の流れとやらを感じ取って、地理情報と照らし合わせながら魔獣の出現予測を立てたのか⁉」

「はい。実は、アルヴィン殿下に婚約破棄されるまでは、中央教会に入り浸って毎日のように魔獣の発生予測をしていました。……王都と、司教座のある大都市の予測が中心でしたが」

エリィは、言いにくそうな顔でつぶやいた。

「本当は辺境や貧困地帯の予測も行いたかったのですが……情報が足らず、無理でした。それに私はあくまでも大聖女内定者にすぎなかったので、情報の信ぴょう性を担保できない状態だったんです。正式な大聖女になれていたら、国内全土の魔獣対策を始めることができたかもしれませんが……」

力及ばず、申し訳ありません。と、エリィは頭を下げていた。

エリィの説明は、その後も一時間以上続いた。

領内に派遣されている聖女二名・聖騎士十五名の魔力特性や身体能力を考慮して、もっとも効率よく配備する方法。出現する可能性の高い魔獣の種類と予測出現数・発生時期──討伐時に有効となる作戦など。

エリィの見識の深さは、俺の知識や経験をはるかに超えている。エリィがザクセンフォード辺境伯領内──いや、国内の魔獣学者の誰よりも、優れているのは間違いない。

少し緊張しながら頬を染めて説明し続けるエリィを、俺はただただ見つめるばかりだった。

「以上です、ギルベルト様。参考になる部分は、ありましたでしょうか？」

彼女が不安そうな目で、俺を見上げている。これほどすばらしい力を持っているのだから、もっと堂々とすればいいものを。エリィはどこまでも気弱そうだった。

「……あの。ギルベルト様……………？」

「すばらしいよ」

俺がつぶやくと、エリィはパッと顔を輝かせた。今まで見た中で、一番幸せそうな表情だ。

「本当にすばらしい。君がくれた情報をもとに、地方教会と連携して魔獣対策を始めたいと思う。魔獣に襲われて命を落とす領民の数も、大幅に減らせるはずだ」

エリィには、本当に驚かされる。持って生まれた才能ばかりでなく、凄《すさ》まじい努力と忍耐力の末に磨き上げた技能なのだろう。俺はまぶしいものを見るような思いで、じっとエリィを見つめていた。

「明日ユージーン閣下にこの書類をお見せしたいのだが、問題ないか？」

「もちろんです！　明日の朝まで待っていただければ、もっと詳しいものもご用意できます!!　さっそく続きを書いてきますね！」

そう言うと、興奮した様子でエリィは部屋から飛び出そうとした。俺はとっさにエリィの手を取り、彼女をこの場に引き留める。

「待てエリィ。……今から続きを書くのか？」

こんな夜更けに。しかし、エリィは当然のようにうなずいている。

「はい。手元を照らせば問題なく書けますので」

「違う。そういうことじゃない。……きちんと休めと言っているんだ」

「休む？　次のお休みの日に、きちんと寝かせてもらうので大丈夫ですよ、ギルベルト様」

私、とても嬉しいんです！　と、エリィは眠気を一切感じていない様子で声を弾ませている。

「ようやくお役に立てることが見つかって、とても安心しました。だから、やめたくないんです。今日は寝れそうにありませんから、筆が続く限り追加の記載を――」

「駄目だ」

俺は彼女の言葉を遮っていた。鋭い声音になってしまったようで、エリィがびくりと身をこわばらせている。

「……ギルベルト様？」

「もういい。十分だ。それ以上、身を削るな」

よく分からないようで、エリィは不安そうにしている。

言ってしまおう。たとえ彼女を傷つけることになったとしても、ここで言うのが一番だ。

「エリィを見ていると、俺はたまに不安になる。誰かの役に立とうとしている君は、とても美しい……しかし、役立つことに固執しているようにも見える」

静かな声で、そう告げた。エリィは目を見開いたまま、氷のように身をこわばらせている。そんなエリィを少しでも安心させたくて、俺は彼女の両肩に手を置いて覗き込んだ。

「俺には、エリィがいつも怯えているように見える。……もしかして君は、『役に立てなければ生きる資格がない』とでも、思っているんじゃないか？」

エリィは凍りついていた。

感情が失せたようにその場に立ち尽くしている。やがて、つぅ――と涙を目からあふれさせた。

❄　――――――　❄　――――――　❄

■氷の心とあなたの鼓動

「俺には、エリィがいつも怯えているように見える。……もしかして君は、『役に立てなければ生きる資格がない』とでも、思っているんじゃないか？」

ギルベルト様にそう言われて、その通りだと気がついた。私はいつでも、誰かの役に立ちたいと思ってきた。そのための努力は惜しまなかったし、喜ばれると嬉しかった。でも……実際にはただ、自分の居場所を無理やり作ろうとしていい人ぶっていただけなのかもしれない。

いつの間にか、涙があふれ出していた。

「私……。……っ、失礼します」

いたたまれなかった。浅ましい自分を、ギルベルト様に見られたくない。部屋を飛び出そうとした私の腕を、ギルベルト様がそっと引き留めた。

「待て、エリィ」

「放してください！」

彼の手を振り払って、私はドアノブに手をかけようとしたけれど——遮られてしまった。ギルベルト様の腕が、私の顔のすぐそばにある。彼は掌を扉について、私が逃げ出せないようにしていた。

「扉を開けてください！」

私は振り返り、彼を見上げて訴えた。

「駄目だ。君が聞き入れるまでは、ここから出さない」

金の瞳に真剣な色を灯して、ギルベルト様は私を見下ろしていた。

「…………嫌です。私を見ないでください。私の浅ましさをこれ以上、あなたに見透かされたくありません」

「君は浅ましくない。——耳を貸してくれ」

私は、駄々っ子のように首を振っていた。逃げ出したくてたまらない。つらくて苦しくて、息の乱れがひどくなる。

過呼吸を起こしかけてふらついた私を、ギルベルト様が抱きしめた。厚い胸板に押しつけられて、彼の鼓動が直接耳に響いてくる。

「……放して、ください」

「絶対に放さないから、諦めろ」

腕に力を込めて、彼から離れようとしたけれど。力で勝てる訳がなかった。

「君の〝生きる価値〟を問うような奴は、ここにはいない。怯えるな。ありのままのエリィでいればいいんだ。……俺の声を聞いてくれ」

とくん、とくんという心臓の音が、とても優しい。

「…………ありのままじゃあ、駄目なんです」

唇から、勝手に言葉があふれていた。──心が痛い。全身が凍えるように、かたかたと震え出す。

「私ががんばらないと、役立つような成果を上げないと、誰も見向きもしてくれないんです。だから、いつも精一杯でした。……でも、それでも足りないみたい。父もアルヴィン殿下も、私のことを出来損ないだと言うんです。無表情で不気味で生意気で、見たくもない女だと。私が氷みたいな、冷たい女だから。私が、義妹みたいなかわいい子じゃないから……」

泣きじゃくりながら吐き出し続けた言葉たちを、ギルベルト様は全部聞いてくれていた。

「……私、本当は悔しいです。義妹なんて大嫌い。お父様もお義母様も、アルヴィン殿下も大嫌い……あんな人たち……いなくなっちゃえばいいのに」

彼らへの怒りを口にしたのは、生まれて初めてのことだった。ずっとひとりで抱え込んできた悲しみが、じんわりと溶け出してくる。

どれほどの沈黙が流れただろうか。

やがて、ぽつりと密やかな声が、頭の上から降ってきた。

「――俺とそいつらと、どちらの言葉を信じるんだ？」

「……え？」

「君を傷つける奴らの暴言と。君にそのままでいてほしいと願う俺の言葉。どちらを信じる？　決めるのはエリィ自身だ」

――私が、決める？　信じる人を？

私は、おずおずと顔を上げた。灯火のように優しい色をした彼の瞳が、まっすぐに私を見ていた。その瞳から、目が離せない。

彼の優しい鼓動を聞くうち、早鐘を打っていた自分の心臓が、徐々に鎮まっていった。

そっと背を支えてくれる彼の掌の熱が、じんわりと体の奥に染み入っていく。

……あったかい。

その眼差しも。抱きしめてくれる大きな手も。鼓動の音まで温かい。

「………………あなたを、信じます」

答えと同時に、たくさんの涙があふれ出してきた。

「私は、…………あなたを信じたいです。……信じます」

泣くなんて、何年ぶりのことだろう。縋りついて子供みたいに泣きじゃくる私の背中を、彼は静かにさすってくれていた――。


私の涙が収まるまで、ギルベルト様はずっと抱きしめてくれていた。

「……もう、大丈夫です。すみませんでした」

泣き腫らした目をこすりながら、私は笑った。彼は私をそっと手放すと、

「いい笑顔だな」

とつぶやいた。

――いい笑顔？

「そんなふうに褒めてもらえたのも、十数年ぶりです。亡くなった母はよく、私を褒めてくれました。ギルベルト様は、私の母にちょっと似てる気がします」

「母君に？」

少し拍子抜けしたような感じで、ギルベルト様は目を見開いていた。

「俺のような武骨な母親が、いるのか？」

「お姿じゃありませんよ。あなたと一緒にいると、母と過ごした頃と同じ気持ちになるんです」

……あったかくて、とても嬉しい気持ちに。

「まだ幼い頃、よく、真夜中に起きて怖くて泣いてしまったんです。母は私を抱きしめると、一緒にバルコニーに出て、落ち着くまで星空を見ながらお星さまの物語を話してくれました」

……星空か、とつぶやくと、ギルベルト様は私の手を取り小さく笑った。

「久々に、星を見ないか？」

「え？」

「……いや、なんでもない。俺は、星を見るのが好きなんだ。良ければ今から、一緒にどうだ？」

それから私たちは、寄宿所の屋上に昇った。空いっぱいの星々が、私たちを見下ろしている。

「わぁ……」

たっぷり泣いたあとだからか、とても気持ちが軽かった。星空を眺めるなんて、何年ぶりだろう。……泣いたり笑ったり、本当に今日は、数年ぶりのことばかりだ。

床に腰を下ろして、ふたり並んで夜空を見上げる。夜風は少しひんやりしていた。ギルベルト様は無言で、外套《がいとう》を私の背中にかけてくれた。

「あっ。……あの、ギルベルト様。私、寒くありません」

「夜風は冷える。君は俺とは違って、夜間行軍なんてしたことはないだろう？」

「……ありがとうございます。それなら……」

私はかけてもらった外套を広げて、ギルベルト様と一緒に入れるようにした。

「ね？　こうすると一緒に温まれます」

寄り添って彼を見上げると、

「……そうだな」

ギルベルト様は困惑を隠すような素振りで、口元を手で覆っていた。

そのまま、ふたり静かに星空を見た。とても心地よい沈黙だ。

「──灯り星！」

先に声を発したのは、私のほうだった。

南西の空を指さしてそう言うと、ギルベルト様も同じ方向に目を向けていた。

「……灯り星？」

「はい！　母がよく話してくれた、おとぎ話に出てくる星なんです。私、灯り星のお話が大好きで」

興奮して声を弾ませた私に、ギルベルト様は微笑みかけた。

「──聞かせてくれないか？　その話を」

「え？」

おとぎ話なんて、大人相手に聞かせるものではないと思ったけれど……。ギルベルト様は、「聞かせてほしい」ともう一度言った。

「それじゃあ……。灯り星のお話は、悪い魔女に呪われて氷に封じ込められてしまった、お姫様の物語なんです」

私は話して聞かせた。姫を閉ざした氷の柱を溶かすために王様が国中の優れた者たちを集めたけれど、どんな方法でも氷は溶けなかったこと。長い年月が経って誰もが姫を見捨てる中、たったひとりの騎士だけが姫を救おうとし続けたこと。

「何十年も呪いを解く方法を探し続けたその騎士は、とうとう神聖な魔法の灯火を手に入れるんです。その灯火を捧げると、お姫様の氷が溶けて――」

神聖な灯火は空を舞う炎になって、騎士と姫君が抱きしめ合うのを祝福しながら空に昇っていった。南西の空に輝く金色の〝灯り星〟は、その灯火が星になった姿なのだという。

「めでたしめでたし。……でも、退屈だったでしょう？　子供用のお話ですもの」

「いや」

金の瞳を柔らかく細めて、ギルベルト様は首を振った。

「その話は好きなんだ」

「……知っていらっしゃったのですか？」

小さく首を傾げるギルベルト様の隣で、私は灯り星を見上げた。

「──ギルベルト様の瞳の色は、灯り星にそっくりですね。とても温かくて綺麗です」

私が何げなくつぶやくと、彼はとても驚いた様子だった。

「どうしたのですか？」

「昔、同じことを言われた」

誰に？　と問いかけたかったけれど、やめておいた。人の思い出に、無遠慮に踏み込むのは良くないと思ったから。

「……俺の目を温かくて綺麗だと言ってくれるのは、エリィだけだよ」

ギルベルト様は少し寂しそうに笑いながら、灯り星を見上げている。

彼の言葉は、とても矛盾している。私ではない誰かに同じことを言われたと言っているのに、〝私だけ〟なんて、おかしい。でも……深く聞いてはいけない気がして、私は口をつぐんでいた。

❄ ―――――――――― ❄ ―――――――――― ❄

■「無能な妻を持ってしまった」

――王太子　アルヴィン・エルクト・セラ＝ヴェルナーク

――僕は幼い頃から、母親が大嫌いだった。無能なくせに、小汚い平民のくせに、大聖女の地位に縋って聖堂に引きこもりきりの母親のことが。

この国では聖痕を持って生まれた女が大聖女になる義務を負い、同時に王族と婚姻を結ぶという法律がある。王太子が未婚の場合は、王太子妃に。王太子との婚姻が不可能な場合は国王の側妃、あるいは他の王族の妻になる。聖痕持ちの女が、貴族だろうと平民だろうと関係ない。近隣諸国にも似たような法律のある国は多いが、こんな無茶苦茶なルールで、よく国家が成立するものだ……と感心してしまう。

たかが聖痕を持って生まれただけで、これほどの特別待遇が約束されるのだから――

まったく、虫のいい話だ。

僕の母は、王妃であるにもかかわらず王侯貴族としての素養がまるでなかった。教養やマナーも不十分で、侍女によれば「王妃殿下なりに努力をしている」のだそうだが、そんなことは知ったことじゃない。何が〝努力〟だ、侍女ごときに努力を見破られている時点で、王族としてふさわしくない！

母のおずおずとした自信のなさそうな挙動を見るたび、虫唾が走った。そんな態度だから、臣下に舐《な》められるんだ。お前なんか、国母としてふさわしくない。こんな平民女の血が自分の体に半分流れていると思うと、それだけで吐き気がしてきた。

母は宮廷内に居場所を作れず、逃げ込むように聖堂に引きこもっていった。〝大聖女の職務〟とやらに没頭し、王妃としての職務を一切放棄して。……でも、大聖女って結局何をしてるんだ？

大聖女にとって、〝神託〟は最重要任務なのだという。神託とは、女神のお告げという名目で、限りある人的資源である聖女と聖騎士の布陣を決めること。だが、布陣決めなどという複雑な仕事が、あの無能な母にできるとは思えない。だから、僕は確信したのだ――大聖女なんて所詮はお飾りで、実際には教会の有力者たちが決めているのだ、と。

僕は王太子だ。だから、次期大聖女となる聖痕持ちの女が現れたら結婚しなければならない……その事実が、ひどく不快だった。

しかし、婚約者のエリーゼに初めて引き合わされたとき、「こいつなら悪くないな」と思った。侯爵令嬢なら血筋も問題ないし、容貌もかなりいい。だから昔は、彼女を丁寧に扱っていた。

――なのに。

エリーゼは、僕を失望させた。エリーゼは僕の母を、「すばらしい人だ」と称賛したのだ。能力も品格も、まさに大聖女の鑑《かがみ》だと。

あんな平民女を尊敬するなんて、エリーゼの目は節穴だ。聖堂にいる母のもとに通いつめて教えを乞うエリーゼを見て、裏切られた気分になった。

しかも、年を経るごとにエリーゼは生意気で冷たい女になっていった。氷のような美貌で、礼儀正しく淡々と振る舞う彼女はまるでかわいげがない。なまじ頭がいいだけに、取り扱いにも苦労する。こんな女を妻にするのは嫌だ――だから。僕はララに目をつけた。

ララは侯爵家の次女だ。出自が平民なのは気に入らないが、目をつむることにした。華やかで魅惑的で、僕に反抗するそぶりもなく甘えてくるララ。だから僕は、エリーゼを引きずり降ろしてララを大聖女に挿《す》げ替《か》えることに決めた。

すべては順調。ララは見栄えがするから、大司教や民衆の心を摑んで問題なく動いてくれるはずだ――そう思っていたのに。

ララのせいで発生したトラブルは、日ごと深刻になっていった。

*

「殿下、到着いたしました」

「ご苦労」

馬車が国土東部のアラントザルド伯爵領に到着し、僕はゆっくりと馬車を降りた。

僕は苛立っていた。妻のララが無能なせいで、僕の評価まで下がり始めているからだ。

王太子という立場上、地方視察に出向くことの多い僕だが、行く先々で大聖女ララへの不満を小耳に挟んでいる。

「大聖女さまは何をお考えなんだ？　こんなに魔獣被害の多い土地なのに、どうして守備を手薄にしてしまうんだ……!?」

「大聖女ララ様は、本当に正しい神託を下していらっしゃるのか？」

各地の貴族たちは、困惑しきっている様子だ。自分の所領に派遣されていた聖女や聖騎士を全員よそに移動させられて、魔獣対策が破綻した領も散見される。魔獣に襲われたり、瘴気に汚染されたりして、命を落とす国民の数も増えているようだ。

――くそ！ ララは、いったい何をやっているんだ？

焦燥感で、気分が悪くなる。平民どもの犠牲が増えるのは大した問題ではないが、夫である僕が、ララの巻き添えで評価を落とされるのだけは避けなければならない。

ララの奴、お飾りの仕事もできないのか？ 大司教を上手く使えと、あんなに何度も助言してやったのに！

今日の視察で訪れたアラントザルド伯爵領では、伯爵に導かれて魔獣に滅ぼされた村を見せられた。この村が廃墟《はいきょ》になってしまったのは大聖女ララの責任である……と、伯爵は言いたいようだった。

「急遽《きゅうきょ》大聖女になられたララ様には、女神の神託が下りてこないのでしょうか」

「アラントザルド伯爵、それはどういう意味だい？」

「いえ……」

アラントザルド伯爵は、重苦しい顔で口をつぐんでいる。

「僕の妻が無能だとでも言いたいのかな？ 口の利き方には気をつけるといい」

「し、失礼いたしました、殿下……」

冷たい声で伯爵をたしなめつつ、僕の心中は決して穏やかではなかった。大聖女であり王太子妃でもあるララへの不信感は、王太子への不信感に直結しうる。僕がスムーズに王位を継承するためにも、貴族どもからの評価は良くしておきたい。

宮廷に戻ったら、ララを教育してやらないといけないな――そう思うと、溜息がこぼれそうになった。もっとも、僕にも王太子としての誇りがあるから、実際には臣民の前で溜息など漏らしたりしないが。

本当に、頭の悪い妻を持つと苦労する。エリーゼのように生意気な女も不愉快だが、バカすぎるのも手がかかる……本当に、女というのは面倒くさい。

＊

数日後。宮廷に戻った僕は笑顔を作ってララに会いに行った。

「やぁ、戻ったよ。ララ」

「アルヴィンさまぁ!!」

縋るような甘ったるい声で、ララは僕にすり寄ってきた。相変わらず頭の軽い女だ。

……もともとこんな女は好きでもなんでもない。手懐けて転がすのに便利だと思ったから妻にしたんだ。

「寂しかったかい、僕のララ」

この無能女が！　という罵倒は、胸の中にしまっておく。お世辞を言っていい気にさせておいたほうが、何かと便利だ。

「助けて、アルヴィンさまぁ。大聖女の仕事が、毎日大変なの……。わたし、こんな仕事もう無理……」

ぐすん、ぐすんと泣き始めるララ。……蹴り飛ばしてやりたい。

「かわいいララ。泣いたら、美しい顔が台無しだよ？　大司教とは上手くいってないのかな。神託がきちんと機能していないようだけれど、大司教は君に教えてくれないのかい？」

猫撫で声で僕が問うと、ララは鬼のような形相で僕に訴えてきた。

「聞いてよ、アルヴィンさま！　あのジジイ、全然使えないのよ！」

「……ジジイ？　そんな口さがない罵り方をしたら、大司教だって君を助けてくれなくなるよ？」

「そういう問題じゃないんだってば！　大司教は、本当に役立たずだったの。これまでの神託だって、実は大司教がやってた訳じゃなかったのよ！」

――なんだって？

「それじゃあ、誰が神託を下してたんだい？」

「……エリーゼだったのよ」

言いたくなさそうな顔で、ララはぼそっとエリーゼの名を出した。

「エリーゼったら、まだ正式な大聖女でもないくせに、しゃしゃり出て神託をしてたんですって！　でも無名なエリーゼよりも、権威ある大司教の神託ってことにしておいたほうが皆も信じるから、大司教が下したことにしてたんだって……」

――あぁ、なんだ、そういうことか。

僕は哀れみの目でララを見つめた。

「かわいそうなララ。大司教に、まんまと言いくるめられてしまったんだね」

「……へ？」

「エリーゼごときに神託ができる訳ないじゃないか。結局、大司教が君にいじわるして情報を伏せてるだけなんだよ。……もしかすると大司教にとっては、君よりエリーゼのほうがお気に入りだったのかもしれないね」

ララの顔が、醜く引きつる。

「あのジジイ……！　やっぱり、わたしのこと騙《だま》して、いじわるしてたのね！」

「負けてはいけないよ、ララ。なんとしても、大司教に取り入って情報を引き出すんだ。エリーゼより君のほうが魅力的だってことを、理解させてやれ」

「はい！」

媚びを売るくらい、君にだってできるだろ？　美人だということ以外には、なんの取り柄もないんだから。

「それじゃあ、僕は公務に戻るからね？　ララの活躍を期待しているよ」

「アルヴィンさまぁ。もう行っちゃうの？　さみしい……」

「僕も寂しいが、仕方ないんだ。いつでも愛しているからね。がんばって」

キスをしてから、僕はララのもとから去った。本当に、〝夫〟という仕事は面倒くさい。淡い微笑みを浮かべつつ心の中で罵詈雑言を吐きながら、僕は仕事に戻っていった。

――ともかくララを上手くおだてて、大聖女の役目を果たさせないといけないな。

ララの無能ぶりには困ったものだ。政務女官もたくさん付けて、政治に一切関わらずに済むよう手配してやったのに。大司教に媚びるくらいの仕事は、最低限やってもらわなきゃ困る。

大聖女なんて、どうせただのお飾りなのだから。

第4章　あなたと、ふたりだけの旅

「すげー！」

「やっぱり騎士ってかっこいい！」

ここは、騎士団本部の屋外演習場。フェンスで仕切られた観覧席から、私は騎士たちの演習風景を見守っていた。私の隣にいる幼い子供たちが、騎士たちの模擬戦を見学して歓声を上げている。

「みんな。大きい声を出すと邪魔になってしまうわ。静かに見学しましょうね」

「「「はーい」」」

今日は、週に一度の非番の日だ。お休みをどう過ごそうか……と考えた末、屋外演習場に向かうことにした。騎士の皆さんが日頃どのような鍛錬をしているのか、純粋に興味があったのだ。

寄宿所から屋外演習場に行く途中、子供たちに声をかけられた。寄宿所には二十人余りの子供たちが暮らしていて、全員が雑役婦たちの子だ。私が騎士団で働き始めて早一か月——子供たちとも、すっかり顔なじみになっていた。

「エリィ、おはよ。今日はお休み？」

「どっか出かけるの？」

「ええ。屋外演習場で、騎士の鍛錬を見学させてもらおうと思って」

そう答えたら、子供たちはパッと顔を輝かせて私に群がってきた。

「おれも騎士の戦い、見たい！」

「オレもオレも!!」

「わたしも行く！」

……という流れで、見学したいという子供たち十二人を連れて屋外演習場に来たのだった。アンナの妹弟・ミアとルイもここにいて、わいわいとはしゃぎながら騎士たちの姿を見ている。

子守りの当番をしていた雑役婦のケイトさんは、「あんた、せっかくの休みなのに手伝ってくれるの？　あたしだったら一日中寝て過ごすけど」と驚いていたけれど。ひとりで見学するよりも、子供たちと一緒に行くほうがきっと楽しい——ケイトさんの負担が減るなら、一石二鳥でもある。

広い演習場の各所では、騎士たちがふたり一組で模擬戦をくり広げている。模擬戦用の刃を潰した剣を打ち合う騎士の姿は精悍だ。魔法を使わず自らの肉体のみで戦う彼らの戦闘スタイルは、私にとっては見慣れないものだった。

そう。騎士は聖騎士とは違って、戦うときに魔法を使わない——使えないと言ったほうが妥当なのかもしれないけれど。私は大聖女内定者だったから、魔法で戦う聖騎士の姿ならば見たことがあった。

魔法は先天的な能力であり、魔法を使える人間はごく少数しかいない。この国では、魔法を使える者は教会に申告するよう義務付けられており、適性のある魔法のタイプによって職業を割り振られる。攻撃魔法を使える者は男女問わず〝聖騎士〟、回復魔法を使える女性は〝聖女〟として従事するのだ――ちなみに、回復魔法は男性には使えない。

「見ろよ、みんな！　団長が来たぞっ」

「わぁ、本当だ！」

子供たちの声を聞いて、私はハッと顔を上げた。ギルベルト様が、演習場に姿を現したのだ。濃紺の騎士服の裾をひるがえして現れた彼の姿を見た瞬間、私の心臓はとくりと跳ねた。

――ギルベルト様。

一緒に星空を仰いだあの日以来、彼のことがいつも頭の中にある。ついつい、目で彼を追ってしまう。今までずっと「誰かの役に立たなければ」と思い詰めていた私の心を、彼は優しく温めてくれた。彼のおかげで、私の心は救われた。……だからその、この胸の高鳴りは、ギルベルト様への感謝の念が一段と深まったからだと思う。

今の私があるのは、すべてギルベルト様のおかげだ。

彼に命を救われて、居場所も与えていただいて、身も心も健やかに過ごすことができている。最近は雑役婦の仕事にもすっかり馴れて、毎日楽しく働けている。

それにギルベルト様は、私の書いた魔獣発生予測のレポートも参考にしてくれているようだ。「エリィのおかげで魔獣の被害が大幅に減った」という、お褒めの言葉までいただいてしまった。

嬉しいことが多すぎて、頬が勝手に緩んでしまう。顔が熱くなるのを感じながら、私はギルベルト様の姿を見つめていた。

数名の騎士がギルベルト様の前に進み出て、何かを話し込んでいる。ギルベルト様はうなずくと、模擬戦用の剣を手に取った。どうやら騎士たちは、彼に模擬戦を申し込んでいたらしい。

「お！　団長も戦うのか⁉」

「すげぇ！」

「え⁉　本当？　ぼく見えないよぉ」

四歳のルイは、背が低すぎてよく見えないらしい。フェンスに縋りついてぴょんぴょんしているルイを抱き上げ、私も一緒にギルベルト様の戦いを見守ることにした。

模擬戦は、多数対ひとりのスタイル。三人の騎士が剣を構え、ギルベルト様に対峙する。瞬時の風が吹き抜けるかのように、三人はギルベルト様めがけて同時に突進してきた。対する彼は表情も変えず、わずかな間隙を縫ってひとりをかわし、次のひとりの剣を弾《はじ》き飛《と》ばした。そして最後のひとりの剣を自らの剣で止める——金属同士の打ち合う音が、こちらまで聞こえてきた。

彼の一太刀一太刀は重く、にもかかわらず俊敏だ。大柄の獣を思わせる長身で、軽やかに身を捌き、緻密な剣戟《けんげき》をくり広げる。

ギルベルト様が勝者になったのは、次の瞬間のことだった。三人の騎士はそれぞれ、剣を失い、背後から打ち据えられ、首筋に剣をぴたりと当てられて、戦闘不能になっている。

固唾を呑んで戦いを見守っていた子供たちが、一斉に歓声を上げた。

「すげぇぇええ！」

「やっぱり団長が最強だ！」

「かっこいい！」

みんな、静かに……と注意するのも忘れて、私はギルベルト様に釘付けになっていた。ルイを抱き上げる腕にも、力がこもってしまう。

「ぼくも、団長みたいな騎士になる！」

幼いルイが、きらきらと目を輝かせている——私もたぶん、ルイと同じ表情をしているはずだ。

ルイよりいくつか年上の男の子たちが、からかうような口調で言った。

「ルイじゃあ、無理だな。お前、泣き虫だし」

「そうだそうだ。団長みたいになるのはオレだ！　お前みたいなチビ、騎士になんかなれねーよ」

ルイが涙目になって怒り出した。

「なれるもん！　ぼくだって強くなって、おかあさんとおねえちゃんたちを守るんだ」

「じゃあ、とりあえず泣き虫をなおせよ」

「おねしょもなおせ。漏らしてる騎士なんかいねぇし！」

「うっ。うぅ……」

「ちょっとぉ、あんたたち、わたしの弟をいじめるのやめなさいよ！」

「うるせぇよ、ミア！」

どうしよう。子供たちが喧嘩を始めてしまった。

私は慌てて、子供たちをなだめようとした。

「あ、あの。皆、ちょっと、落ちつ――」

「ぼく、泣き虫じゃないもん。うぅ……うぇえん！」

「さっそく泣いてんじゃねーか」

「やっぱりルイは泣き虫だ！」

「あんたたちいい加減にしなさいよ！　ルイを泣かす奴は、わたしが泣かす!!」

「痛《いて》ぇ！　殴るなよ、ミア！」

「暴力女～！」

……事態は悪化の一途《いっと》をたどっている。子供の喧嘩の仲裁なんて、やったことがないから止め方が分からない。

「み、みんな……お願いだから、冷静になって……あの」

そのとき。

「おい、お前たち。騎士の方々の邪魔になるから、静かにするんだ」

という、若い男性の声が投じられた。

短く刈った黒髪の、理知的な面立ちの男性がこちらに歩み寄ってくる。

「エリィさんも困っているじゃないか。エリィさんのご厚意で連れてきてもらったんだろう？　迷惑をかけてはいけないよ」

穏やかだけれどはっきりとした口調で、彼は子供たちをたしなめた。ハッとしたように、子供たちが口をつぐむ。

「……カインさん」

彼の名前はカイン・ラドクリフ。年齢は私より下の十五歳で、彼は正規の騎士ではない。騎士の下で修業を積む騎士見習い――つまり、従騎士だ。

思いがけず助けてもらい、私は彼に感謝を述べた。

「ありがとうございます、カインさん。私が子供たちをまとめなければいけないのに……ふがいなくてすみません」

「とんでもないです。お仕事おつかれさまです、エリィさん」

「いえ。私、今日は仕事ではなくて非番なんです。……カインさんも非番ですか？」

今日の彼は従騎士の隊服を着ておらず、シャツにスラックスという簡素な出《い》で立《た》ちだった。

「ええ、許されるなら休日返上で働きたいのですが、非番に出るのは軍紀違反ですので。団長の剣捌きを、近くで拝見できなかったのが悔やまれます」

その話しぶりだけでも、彼の育ちの良さと誠実な人柄が伝わってくる。

雑役婦の皆さんから聞いたところによると、彼はラドクリフ子爵家の三男。武勇に秀でたザクセンフォード辺境騎士団の騎士に憧れて、ご両親の反対を押し切って従騎士として入団したらしい。ご両親は気立ての良い彼を他家の婿養子にして貴族間のパイプを強固にしたがっていたそうで、いまだに「実家に戻れ」という手紙が月に一回は騎士団に送りつけられてくるとかなんとか……。雑役婦の皆さんは、どういう訳だか情報通だ。

カインさんは淡く微笑んで、私の目の前にやって来た。正確に言うと、私の胸に抱かれているルイの目の前に。

「ルイ。団長みたいになりたいんだろう？　だったら、その程度で泣いたらダメだ」

「うぅ……でも」

「なれるさ。やる気のある者は、足掻き続けているうちに必ず伸びるんだ。だから、足掻くのをやめてはいけない。泣いてる暇なんてないぞ？」

カインさんはルイの頭を撫でて、優しく諭している。彼の口調は、自分自身に言い聞かせているようでもあった。――そして私は、ふと気づいた。

「カインさん。今の言葉って……」

「僕が以前、雑役婦長に言われた言葉です。結果を出せずにくよくよしていたら、そう励まされました。それ以来、座右の銘にしているんです」

やっぱり。私は、思わず微笑んでいた。

「私も数週間前、ドーラさんからそう言われました。温かい人ですよね、ドーラさんって」

「僕もそう思います！　……まぁ、励まされる前に、ひとしきり説教もされましたけれど。『あんたみたいなメソメソした男は、犬も食わない』だそうです」

「まあ」

カインさんにお説教をする、ドーラさんの姿が目に浮かぶ。私はカインさんと一緒になって声を立てて笑った。

しかし、唐突にカインさんが上ずった悲鳴を上げた。

「ひッ⁉」

「？　どうしたのですか、カインさん……」

私のすぐそばで、恐怖の表情で凍りついたカインさん。彼の視線の先を追ってみると……ギルベルト様が立っていた。模擬戦のときの冷静沈着な態度とは一転して、なぜか殺気立っている。

「だ、団長、おつかれさまです！」

「貴様、何をしている」

は、はいっ⁉　と、カインさんはうろたえていた。

「ほ、本日は、非番ですので、騎士の皆様の模擬戦を、見学しておりました……っ」

「見れば分かる」

「えっ……？」

一歩一歩を踏みしめるように、ギルベルト様はゆっくりとこちらに歩み寄ってきた。

彼の美貌に宿るのは、明らかな敵意。……でも、ギルベルト様は何に怒っているのだろう。

「エリィになんの用件だ、と。俺は貴様にそう尋ねている」

……私に？

きょとんとしている私と、青ざめて硬直しているカインさん。状況がよく分からず、頭を疑問符でいっぱいにしていると。

私の腕の中で、ルイが元気な声を上げた。

「団長！　ぼく、団長みたいになりますっ!!」

ギルベルト様が、やや冷静さを取り戻した様子でルイを見た。

「カインさんが、『泣くと団長みたいになれない』って言ってました！　だから、ぼくは泣かないで団長みたいになります!!」

「カインが？」

首を傾げるギルベルト様に、私は事情を説明した。

「ここで見学していたら、子供たちが喧嘩を始めてしまって。私では収めらなくなっていたところを、カインさんが助けてくださったんです。ルイのことも励ましてくれて……」

ギルベルト様のぎょっとした表情を、私は初めて見た。なぜだかとても居心地が悪そうな様子で、「そうか……」とつぶやいている。

「ギルベルト様、どうなさったんです？」

「……いや。少々、行き違いがあったようだ」

「？」

カインさんに向かって謝罪のような眼差しを向けてから、ギルベルト様は立ち去ろうとしていたけれど……。

「ぷっ。あははははははははははは！」

今度はいきなり、大笑いする声が観覧席の入り口あたりで響いた。この声には聞き覚えがある。私が振り返ると同時に、ギルベルト様がとても嫌そうな声でつぶやいた。

「……ユージーン閣下」

そこでお腹《なか》を抱えて笑っていたのは、ユージーン・ザクセンフォード辺境伯閣下だった。護衛の騎士を従えて、目じりの涙を拭きながらこちらに近づいてくる。

「何、今の⁉　修羅場？　勘違い系の修羅場⁉　やべぇわ、マジで腹筋がねじ切れそう。あはははは」

カインさんと私が閣下に向かって最敬礼をすると、閣下は「ラクにしといていいよ？」と笑い混じりで言った。

「すげぇ最高のタイミングで来ちゃった。ギル、お前マジメくさった奴だと思ってたけど、意外と面白いことできたんだなぁ」

「……なんのご用件でしょうか。本日、こちらにお見えになるとは伺っておりませんでしたが」

「いいじゃん。ちょっと時間できたからさ、直接お前に渡そうと思って」

言いながら、閣下は懐から一通の封書をギルベルト様に差し出してきた。ザクセンフォード家の封蠟印《ふうろういん》が施された封書は、辺境伯閣下が発効した公的文書であることを意味している。

「これは？」

「読んでみな。オレからお前への命令文書。命令無視は、許されねぇから」

いぶかしげな顔をして、ギルベルト様は封書を受け取っている。

「後ほど拝見します」

「いいよ、今見てみな。てゆーか、オレはすぐにでもお前のリアクションを見てみたいね」

ニヤニヤしながら、閣下はペーパーナイフまでギルベルト様に手渡してきた……本当に、この方の行動は予測不能だ。

ギルベルト様はしかめ面で封書を開封し、文書に目を通していたけれど。

「…………はっ？」

彼は、本日二度目のぎょっとした表情を見せた。

「閣下。意味が分かりません」

「え、分からない？　すげぇ簡潔に書いたつもりだけど。エリィちゃんも、ちょっと見てみ」

……私が見ていいのかしら。

閣下に促され、私はギルベルト様の持つ文書を覗き込んでみた。わずか二文の簡潔な通達内容に、上ずった声を上げてしまう。

「デ、デート⁉」

ユージーン・ザクセンフォード辺境伯閣下からの文書には、こう続かれていたのだ。

『辺境騎士団団長ギルベルト・レナウならびに、雑役婦エリィに命ずる。一日間の慰安旅行——すなわち、デートをしてくること』

＊

その日の夕方。

「「「デートぉおお⁉」」」

休憩所に居合わせた雑役婦の皆さんは、目をらんらんと輝かせて騒ぎ立てていた。

「業務命令でデート⁉　なんだいそりゃ」

なんだそれはと尋ねられても、私自身が聞きたいくらいで……。

「えぇっと。ギルベルト様の日頃の功績を評して、辺境伯閣下は一日間の特別休暇をお与えになるそうです。私は『お供として同伴せよ』という意味なんだと思いますが……」

実際には、ギルベルト様と私の功績を評して――と、辺境伯閣下は言っていた。屋外演習場で文書を渡してきたあと、別室に移動してから閣下はギルベルト様と私に、詳細を説明し始めた。

「エリィちゃんのレポート、すげぇ助かってるよ！　君の魔獣予測、本当に当たるわ。実際すげぇ被害減ったし、領民は喜ぶし、オレの人気もうなぎ登りってやつ？　ギルも相変わらず、騎士団束ねてきっちり働いてくれてるし。いやぁ、助かる助かる」

閣下は、とてもご機嫌だった。

「ということで。オレとしては君らになにかご褒美をあげたいんだ。けど、報奨金《ボーナス》あげても、君らパァッと使うタイプでもなさそうだし。カネより気の利いたものを贈りたい訳。――で、オレは思いついた」

そしてギルベルト様と私に言ったのだ。

「君らには、報酬として特別休暇を与える！　両名そろって、古都クレハ周辺にて慰安旅行をしてくること！　……あ、エリィちゃん知ってる？　クレハってうちの領内にある、ちょっとニッチな観光スポットね。オレも新婚旅行で行ったんだけど、かなりおすすめだから。……あ～、オレも久々に嫁に会いたくなってきた。オレの嫁、フレイヤっていうんだけど王都にこもりっきりで、全然こっち来ねぇからさぁ」

……やっぱり閣下の考えることは、荒唐無稽で理解しがたい。唖然としている私に向かって、ユージーン閣下は奥様のことを話し続けていた。

「エリィちゃん、オレの嫁に会ったことねぇだろ？　あいつ変わり者だから、社交場とか全然行きたがらねぇんだよ。社交場でおべっか使ってると、ストレスで体がかゆくなってくるんだってさ！　病院で患者を診《み》てるほうが、よっぽど幸せなんだって――あいつ、女医だから。王都の慈善病院で働いてんだ」

閣下の顔は、へらへらと幸せそうに緩んでいた。意外と、愛妻家らしい。

私が閣下とのやりとりを思い返している間にも、雑役婦の皆さんはわいわいと盛り上がっていた。

「へぇ。領主さまも粋なことをなさるねぇ！」

当事者の私は戸惑うばかりだけれど、皆さんは本当に楽しそうだ。アンナまで、「すてき……！」と夢見る乙女の表情でそわそわしている。

「で？　デートはどこに行くんだい!?」

「領内南部の、古都クレハという場所です」

「あぁ、クレハね！　やっぱ領主さまは目のつけどころが違うわ」

クレハは歴史の古い街で、知名度は低いけれど風光明媚《ふうこうめいび》ないい場所なのだそうだ。

それにしても……デートだなんて。私は真っ赤になってうなだれていた。

「でも、デートという表現は、ちょっと違う気がします。だって、デートって恋人同士がするものでしょう？　ギルベルト様と私では、その……」

「何言ってるのエリィ！」

「領主さまがデートって言うんなら、デートで決まりでしょ！　あんた、潔く覚悟決めな」

「ところで、エリィさん！　デートには何を着ていくんですか？」

アンナに問われ、私は顔をこわばらせた。侯爵家にいた頃ならともかく、今は雑役婦のお仕着せと部屋着くらいしかない。

「どうしたらいいのかしら。私、よそ行きの服なんて持っていないわ……」

皆さんが目を光らせた。

「よし、任せときな。あたしの若い頃の服を貸してやるから!!」

すかさずドーラさんが、自分の居室から服を持ってきて私の体に押し付けてきた。でも、かなりブカブカだ。アンナが、慌てて口を挟む。

「お母さん！　サイズが全然合ってないよ！」

他の皆さんも、それぞれお気に入りの服を持ち出してきた。

「それなら、わたしの服はどうだい？　なかなか凝った刺繍《ししゅう》が入ってるだろう」

「ダメですよ、デザインが古すぎます」

「私が嫁入りのとき着てたのは上物だよ？　母ちゃんが、がんばって繕ってくれたんだ」

「婚礼衣装じゃないですか！　エリィさんはデートなんですよ⁉」

「そんなに言うなら、アンナが何か貸しておやりよ」

「持ってませんよ、オシャレ着なんて」

……皆さんが大騒ぎしている。演習場の子供たちといい、今といい、今日はなんだかとても賑《にぎ》やかだ。

ドーラさんが、腕まくりしてアンナに命じていた。

「よし！　アンナ、明日エリィと一緒に街で、デート用の服を選んでおいで。あたしの非番と交代してやるから！」

アンナが、気合十分な様子でうなずいている。

「エリィ。あんたはお給金を前借りしてでも、服買うお金を用意しておいで。あんたも明日、非番にしてやる」

「え⁉　そんな、いいですよ。皆さんのご迷惑になってしまいます」

「「構わないよ！」」

一致団結というのは、こういう状況を示す言葉なのだろう。……でも、私のことで皆さんを煩わせるのは嫌だ。

「水くさいこと言うんじゃないよ。エリィをいい女に仕上げるのは、わたしらの使命なんだから」

「そうそう。うちらが団長にご恩返しできる機会なんて、そうそうないからね」

「アンナ。団長の心をグッとつかむ、いい服を選んでやんなよ」

「任せておいて！」

私は皆さんの行動力に引っ張られ、戸惑いつつもデートの準備を進めていった――。

*

そして、デート当日の朝。

皆さんから「これならイケる！」と太鼓判を押された白地のワンピースを身に纏い、私は皆さんに押し出されるような形でギルベルト様の前に立たされた。ギルベルト様が目をみはって息を呑んでいた……たぶん私の背後に雑役婦メンバーがずらりと勢ぞろいしていたからだと思う。

「ふふん。どうですか、団長？　見てくださいよ、最高の仕上がりでしょう？」

「……なんの話だ」

行こう、とつぶやいたギルベルト様はそっと私の手を引いた。彼のエスコートを目にして、雑役婦の皆さんは黄色い悲鳴を上げたり、「若いわぁ」と溜息混じりでささやいたりしている。遠巻きに様子を観察していた騎士たちも、手をつなぐ私たちを見てざわめいていた。

「これではまるで、晒しものだ。不快ではないか、エリィ？」

「いえ……」

騎士団本部の外庭に、辺境伯閣下が用意してくださった馬車が停まっている。彼は私をエスコートして馬車に乗せると、自分もすばやく乗り込んで馬車を出発させた。

「まったく……」

困惑した様子でつぶやく彼を見て、私は不安になってしまった。やっぱり、無理やりデートを命じられたから困っているのかしら。ギルベルト様は何度か、私に何か言おうとしていたみたいだけれど、結局は黙り込んでしまった。アンナと一緒に選んできたワンピースのことも、何も言ってくれない。かわいい服だと思ったのに……。

「……………」

「……………………」

ふたりきりの、馬車の中。私たちの沈黙を埋めるように、ゴトゴトという馬車の車輪の音だけが響いていた。お互いに言葉のないまま、馬車に揺られて長い時間が経過していく。

　私はちらりと、隣のギルベルト様の様子をうかがった。ギルベルト様はものすごく深刻そうな顔で口をつぐんでいて、まったく感情が読みとれない。

「ギ、ギルベルト様。慰安旅行なんて、私、初めてです……」

　勇気を出して、声をかけてみた。文書には〝一日間の慰安旅行、すなわちデ、ー、ト、〟と併記してあったけれど、デートという言葉を口に出すのは憚《はばか》られる。

　隣に座っているギルベルト様が、気まずそうに私のほうを見た。彼の頬が少し赤いのは、空気がこもって暑苦しいからなのかもしれない。

「……慰安旅行というのは、騎士団ではよくあるイベントなのですか？」

「いや。俺の知る限りでは、初めてだ」

「初めて……」

　そんな特別なものを、私に与えていただいても良かったのだろうか？　しかも、ギルベルト様とふたりでなんて……。

「相変わらず、ユージーン閣下の考えることはよく分からん」

「そうですね……」

　再び、沈黙。何か言葉を発さなければ……とは思うものの、何を言ったらいいのか分からない。こんなに気まずい沈黙に包まれるのだから、やはりこれはデートとは言えないと思う。再び、彼のほうを見た。偶然にも目線がばっちり重なってしまい、弾かれたように目をそらす。

——ギルベルト様、ごめんなさい。

ユージーン閣下のご命令とはいえ、私みたいに無口な人間がお供では、ぜっかくの慰安旅行が台無しになってしまう。ギルベルト様は美しい顔をものすごくこわばらせて、窓の外を凝視していた。やっぱり、退屈なのかもしれない。

こわばった顔も綺麗だな、とついつい見とれていた自分に気がついて、私はますます恥ずかしくなってしまった……。

*

騎士団本部から二時間ほどで到着した古都クレハは、なだらかな丘陵に囲まれた、緑豊かな古都市だった。

「エリィ。手を」

先に馬車を降りたギルベルト様が、私に手を差し伸べてくれた。胸の高鳴りを抑えつつ、そっと掌を重ねて石畳に降り立つ。

私は改めて、ギルベルト様の立ち姿を見た。私服姿も、やっぱりすてきだ。ジャケットの布地の刺繍は最小限で、貴族男性が好む宝石類はまったく身につけていないけれど、むしろ清潔感があって彼らしい。彼には、身を飾りたてる宝飾品なんて必要ない――うなじで結んだ銀糸のような髪とトパーズに似た金の瞳は、どんな宝飾品よりも美しいから。シンプルな私服はこの人をさりげなく引き立てて、本当によく似合っ……。

「よく似合っている」

「……え？」

思いがけず自分が思っていた言葉が彼の口から出てきたので、私はぽかんとしてしまった。

「何がですか？」

「エリィがだ。その服が、君をよく引き立てている。清潔感があって君らしく、本当によく似合っている」

彼は真剣な眼差しだった。冗談の類《たぐい》ではなく、本気で褒めてくれているらしい。

私もギルベルト様の服装を見て、『清潔感があって、この人らしい』と思っていた。思っていたのと同じ言葉を言われてしまうなんて、なんだか面白い。私が小さく笑っていると、彼は怪訝そうにしていた。

「……俺は何か変なことを言ったか？」

「いいえ？」

雲ひとつないこの空と同じくらい、晴れやかな気分になっていた。良かった――ギルベルト様が、ワンピースを褒めてくれた。なんだか、くすぐったい。

「褒めてくださって……ありがとうございます」

恥ずかしくて頬が熱くなるのを自覚しながら、私は答えた。

「――いや。俺はただ思ったままに言っただけだ」

そして、しばしの沈黙。何か話題を出さなければ……そう思って、私は彼に問いかけた。

「ギルベルト様。ところで旅行って、何をしたらいいんでしょうか？」

「俺もよく分からん。だが、部下たちの言うところによると、その地の美味いものを食べたり景色を眺めたりして楽しむものらしい。……俺は君に、申し訳ないと思っていたんだ。せっかくの旅行なのに、俺が供では退屈だろう？」

「退屈？」

わずかに申し訳なさそうな顔をしている彼を見上げて、私は首を傾げた。

「俺は人生に娯楽を求めたことがほとんどない。あまり話す性格でもないから、君を喜ばせるような話題もない。悪いが、この旅行で君を楽しませることはできないと思う」

ぽかんとして、私は彼を見つめていた。ギルベルト様がそんなふうに考えていたなんて、まったく予想していなかった。

「ギルベルト様」

「ん？」

「………私もう、とっくに楽しんでいます」

良かった、申し訳ないと思ってたのは、私だけじゃなかったんだ。ギルベルト様が退屈してる訳ではなかったと分かり、私はとても安心した。

「私、とても楽しいです」

そう答えながら、自然に笑みがこぼれていた。笑い方も泣き方も分からなかった数か月前が、嘘みたいだ。

ギルベルト様も、安堵の色を濃くして頰を緩めている。

「それならば良かった。俺も、とてもいい気分だ」

そう言うと、彼は私の手を取った。

「できる限りエリィの希望を叶えたいんだが、何をしたい？」

このまま、エスコートしてくれるようだ。重なった手の温もりに戸惑いつつ、私は微笑んだ。

「おいしいものを食べたいです。雑役婦の皆さんがおすすめしてくれたんですが、このあたりの名物料理はリムルザンというお肉料理だそうで。とてもスパイシーで、一度食べたらやみつきになる味だと言っていました」

「リムルザンか。確かに、あれは美味いな」

「ご存じなのですか？」

「あぁ。市場の屋台で売っているような、安い串焼きだが。……君の口に合うだろうか」

「食べてみたいです！」

「それなら行こう」

ギルベルト様は私の手を引き、〝市場通り〟と書かれた道をゆったり歩み始めた。私は、この旅行をプレゼントしてくれたユージーン閣下に感謝しながら、生まれて初めての旅行を楽しむことにした。

色彩豊かな市場の光景に、思わず「わぁ……」と声が漏れる。大小さまざまな露店や屋台で、果実や野菜、食べ歩きに向いていそうなお菓子や肉料理が売られている。人々の賑わいが、私の心を浮き立たせていた。

「リムルザンを二つ」

と、干し肉が吊《つ》り下《さ》がる肉料理の屋台の前で、ギルベルト様は店主に言った。買った串焼きを、一本私に手渡してくれる。

人生初の、食べ歩き……。

私は目を輝かせて、串焼きを見つめた。羊肉だろうか——香ばしく焼かれた肉は草のような独特の香気を放っていて、まぶされたハーブの香りと混じり合い、なんとも食欲をそそる。

「いただきます！」

じゅわ、と肉汁とともにスパイシーな味わいが口いっぱいに広がって、二口、三口と食が進む――しかし、串焼きを全部食べ終わったところで激烈な辛みが込み上げてきた。

「!?」

何が起きたか分からず目を白黒させる。辛い、とてもヒリヒリする！

「……辛すぎたみたいだな。口直しを飲むか？」

いつの間にか牛乳の入ったカップを手に持っていたギルベルト様が、私にそれを差し出してきた。涙目でカップを受け取って、ごくごくと飲み干すと、彼は申し訳なさそうな顔で言ってきた。

「リムルザンは、複数の香辛料で香味付けされていてな。あとから辛みが強くなるのが特徴なんだ。……すまない、きちんと知らせておけば良かった」

そう言うと、彼は再びさっきの屋台に戻り、もう一度何かを買ってきた。

「子供向けに、リムルサという香辛料抜きのも売られているんだが。……試すか？」

塩焼きされた串肉を、ギルベルト様は私にくれた。

「こ、子供向け……ですか。いただき、ます」

おそるおそる食べてみると、今度は本当においしかった。嚙みしめながら味わっていたら、ギルベルト様の視線に気づいた――なんだかとても恥ずかしい。

「お見苦しいところをお見せして、申し訳ありませんでした……。子供向けのほうは食べやすくて、とてもおいしかったです」

「口に合ったようで良かった」

彼は嬉しそうに顔を綻ばせている。柔らかなその笑顔に、ついつい目を奪われてしまった。

「君が美味そうに食べていると、幸せな気分になる」

「それはもしかして『小さい子供が食べるのを微笑ましく見守る親』みたいな感覚でしょうか……？」

実際、私は子供向けのお肉を食べて喜んでいる訳だし……。気まずい気持ちで尋ねてみたら、ギルベルト様は意外そうに目を見開いた。

「いや。単純に愛らしいと思っていた」

「……」

そんなことを言われると、どう返したらいいか分からない。頰を熱くして黙り込んでいると、彼は微笑んだまま、指で私の口元を拭った。

「ハーブが口に付いているぞ？」

「！」

これじゃあ、本当に幼児と保護者だ……恥ずかしい。おかしなミスを連発している自分に耐えられず、顔から火が出そうだった。

「他の店も巡ってみよう。君は、甘いものは好きか？」

……旅行というのは、ふしぎなものだ。手をつないで見慣れぬ街を散策しているうちに、気まずい気持ちが抜け落ちて、ふわふわした気分になってくる。おいしいものを一緒に食べて。石畳をのんびり歩いて。遠くの山並みを一緒に見つめる。人だかりのできた広場に足を運べば、旅芸人が華やかな芸を披露していた。旅芸人が花吹雪を散らすのを見て、歓声とともに拍手を送る――彼の隣で、一緒に笑って喜んでいた。

人ごみの中を進むとき、ギルベルト様はそっと肩を抱いてくれていた。すれ違う人に私がぶつからないようしてくれているのだ……彼の思《おも》い遣《や》りに気づいて、胸が高鳴る。

ギルベルト様の所作はひとつひとつが温かくて、甘い気持ちが込み上げてくる。……こんなふうにエスコートされるのは、生まれて初めてのことだ。

王太子の婚約者だった頃、社交場ではアルヴィン殿下がエスコートしてくださっていたけれど、こんな気持ちになったことはない。殿下はいつも如才なく振る舞っていたけれど、本当は私を嫌っていたから――。

ダメだ。

嫌な思い出なんて、もう思い出すのはやめよう。つないでいた手に力がこもり、ギルベルト様は怪訝そうに私を見つめた。
「エリィ、どうした？」
なんでもありません、と答えてから、私は笑った。この時間が、ずっと続いてほしい
――そんな想いを胸に秘めながら。

私たちは、おみやげ屋さんの居並ぶ通りに足を運んだ。アクセサリーや雑貨を扱う、小間物屋さんに入ってみる。お店の奥のほうにある比較的高価な品物が並ぶ棚に、かわいい髪飾りを見つけた。

「これ……」

ショーケースの前で見惚れていると、ギルベルト様は言った。

「気に入ったのか？」

「はい！」

銀細工の髪飾りだ。スミレの花をいくつも集めて編み上げたようなデザインが、とてもかわいい。

「これ、アンナにぴったりだと思いませんか？」

「……アンナに？」

「ええ。何かプレゼントがしたいと思っていたんです！　いつも、助けてもらってばかりですから。今日着ていくワンピースも、アンナが一緒に選んでくれたんですよ？」

「そうだったのか」

店主を呼んでスミレの髪飾りを購入し、包んでもらっていると、

「それなら、君へのプレゼントは俺が買おう」

「え？」

ギルベルト様は、どれがいい？　と尋ねてきた。

「プレゼント……？　私に？」

金色の目を柔らかく細め、彼はうなずいている。

「そんな。申し訳ないです。一緒に旅行に連れてきていただけただけで十分です！　これ以上のことは――」

「贈りたいんだ」

微笑みを浮かべ、彼は私の声を遮った。

「君に贈りたい。だから、選んでくれないか」

俺のような武骨者のセンスでは、君に喜んでもらえるか分からないからな――と、ギルベルト様は苦笑している。

私は言葉を失って、頬を熱くしたままだった。何かを贈っていただけるなんて、思っ

ていなかったのだ。手が、震えてきてしまう。

「……本当に、よろしいのですか？」

彼はうなずき、私の後ろにそっと下がった。好きなものを選んでいいよ、という意味なのだろう。

どうしよう……鼓動がこんなに早くなっている。お店の中をぐるりと巡り、私はひとつのネックレスに目を留めた。小さな花飾りに銀鎖を通した短めのネックレスだ。

震える指で、そっと指し示す。

「………これが、欲しいです」

「それでいいのか？」

と、ギルベルト様はふしぎそうに尋ねてきた。もしかすると、「もっと高価な物を」と考えてくれていたのかもしれない。お店のアクセサリーの中では低価格なものだったし、デザインも控えめだったから。

でも、私はこれが良かった。

さらりとした銀鎖が、彼の銀髪にどこか似ているから。花飾りにあしらわれた小さな石は澄んだ黄色で、彼の金色の瞳を思わせるから。

それに、肌身離さず身につけるなら、小ぶりなネックレスのほうがいい。仕事着の下に、ずっと身につけていられる。

ギルベルト様は購入したネックレスを手に取って、私の後ろに立った。

「――つけていいか？」

うなずくと、ギルベルト様の大きな手が首の両側から近づいてきた。心臓の音が、彼に聞こえているのではないか――そんな心配をしているうちに、首にネックレスが飾られていた。

鏡に映った私の顔は、りんごのような色をしている。首元で、ネックレスが柔らかく輝いていた。

「ありがとう、ございます」

胸がいっぱいで、声がかすれてしまった。

「ずっと大切にします。ギルベルト様」

彼は温もりのある笑顔を浮かべ、そんな私を見つめていた。

差し出された彼の手に、自分の手をそっと重ね、私たちはお店から出た――そのとき。

ふと。違和感がした。

「ギルベルト様……？」

彼の手を、そっと引いた。

「どうした？」

「…………何か嫌な気配を感じます」

穏やかだったギルベルト様の表情に、静かな緊迫感が走る。

「……俺には何も感じないが？」

「路地裏のほうで、微かに魔力素の乱れを感じます。上手く言語化できませんが……うなじの灼《や》けつくような。無血生物系の魔獣の幼生体が大気中の魔力素を吸って成長しているときの気配です」

　ギルベルト様は、精神を統一するように目を閉じた。でも、やはり何も感じられないようだった。

「古都クレハ周辺では、ここ数年魔獣の出没報告は上がっていない。このあたり一帯を所轄とする聖女・聖騎士の情報でも、クレハには瘴気の発生はないと聞いている」

　ギルベルト様の返事を聞いて、私は口をつぐんだ。辺境騎士団と辺境教会が「問題なし」というのなら、私が口を挟むような真似は、慎まなければ――。

「魔獣討伐には人員が必要だ、今すぐ早馬を出して辺境騎士団の第一部隊を召集する。地方教会の聖女・聖騎士隊にも支援を要請しよう」

「……私の話を信じてくださるのですか？」

「当然だ」

　と、ギルベルト様はうなずいていた。

「君の能力はよく理解している。俺の及ばない部分を支えてくれて、とても助かる。せっかくの休暇に恐縮だが、もう少し力を借りてもいいだろうか？」

胸の奥が、熱くなってしまった。

「ありがとうございます！　私もぜひ、お役に立ちたいです」

役に立ちたい――それは、かつてのような〝役立たず呼ばわりされないため〟ではなくて。心の底から力になりたいと願って、発した言葉だった。

＊

――お願い、早く。早く来て。

祈るような気持ちで、私は増援が到着するのを待っていた。

私は今、クレハ市を囲む外門で辺境騎士団の騎士たちが来るのを待っている。市内に潜む魔獣の気配を察知したため、急遽討伐作戦を決行することになったからだ。

「大丈夫だ、エリィ。彼らは日没前には必ず到着する」

ギルベルト様が私の肩に手を置いて、なだめるようにそう言った。

「戦う前から消耗してはいけない。君は、悠々と構えていろ」

「はい……」

……落ち着かなければ。私は自分に言い聞かせ深い呼吸をくり返した。

ギルベルト様の言う通り、騎士たちは空が淡い朱に染まり始めた頃に到着した。それぞれの馬から降りた十五人の騎士たちが、ギルベルト様に敬礼している。

「団長。第一部隊十五名、参上いたしました」

ザクセンフォード辺境騎士団は精鋭ぞろいだというのが世間一般の評価である。実際に、敏速に駆けつけた騎士たちを目の当たりにすると、彼らがいかに優れた軍人だかよく分かった。

……休憩時間や非番の日にのんびりしているときとは、まるで別人だ。いつもカード賭博で盛り上がったり、お酒を飲みすぎてグデグデになったりしてるところばかり見てきたけれど……これが皆さんの、お仕事中の顔なのだ。

騎士団長の隊服を纏ったギルベルト様は、彼らに鋭い視線を返した。

「ご苦労。地方教会の聖女・聖騎士隊は別件出動中にて、本作戦には参加しない。よって、今回の魔獣討伐作戦は我ら辺境騎士団のみで遂行することとなる。総員、気を引き締めよ」

「Yes, sir.」

総員が即座に承知の意を示す。その後、第一部隊隊長のユゴさんが尋ねた。

「団長。クレハ市内にて討伐作戦とのことですが、魔獣はどこにいるのでしょうか？」

「魔獣に関する説明は、エリィが行う。……エリィは、聖女としての才能を備えているんだ」

「エリィさんが？」

ギルベルト様が、後ろに控えていた私を指し示す。私は、覚悟を決めて前に進み出た。

「皆さん、私は魔獣の気配を感知することができます。ギルベルト様のご許可をいただき、本作戦に参加させていただくこととなりました」

　騎士たちの表情に、わずかな動揺の色が浮かぶ。

「現段階ではまだ、市内で魔獣被害は出ていません……ですが、数日中に必ず被害が出ます。私は、魔獣の〝幼生体〟の気配を感じることができます。無血生物系魔獣……すなわち触手生物や昆虫に似た魔獣は孵化後《ふかご》に幼生体となり、大気中の魔力素を吸って生育するのが特徴です。そして成体まで育つと、人間を喰らい始めます。幼生体は人間を食することはありませんが、偶発的に人間を襲った事例もあるため、決して油断はできません」

　私の説明を聞いて、騎士たちは狼狽していた。雑役婦であるはずの私が、いきなり魔獣について語り出したのだから当然だ。できるだけ素性を明かしたくなかったけれど……事態は急を要するのだから、仕方ない。

「魔力素の乱れから推測するに、成体になるまであと数日。なので、一刻も早く討伐しなければなりません！ 皆さんのお力をお貸しください」

説明を終えて私が下がると、ギルベルト様が騎士たちに言った。

「エリィはザクセンフォード辺境伯領の宝だ。エリィに関して本日知り得たすべての事柄を、他言無用とせよ」

「Yes, sir.」

十五人の騎士たちが、一糸乱れず敬礼をした。

＊

クレハ市街の民間人は、すでに全員退去させている。

人々は不満を露わにしていた――「魔獣の被害も出ていないのに、どうしていきなり追い出すんだ⁉」「もうすぐ夜なのに、なぜ避難なんてしなきゃならないの⁉」「辺境騎士団は横暴だ！」と、声高に怒る人も多かった。作戦や魔獣の詳細を知らせることはできなかったから、彼らが怒るのも無理はない。

半ば強制的に民間人を退去させ、からっぽの市街地に私たちは立っている。そろそろ日没――血のように赤かった夕暮れ空が、東から闇の色に染まり始めていた。

「エリィ。頼む」

「お任せください」

私以外の誰も魔獣の気配を感知できないのだから、魔獣の居場所を暴くのは私の仕事だ。聖痕が失われた今、私の感知能力にはかつてのような鋭さはない……でも、これまで築いた経験と感覚が、足りない部分を補ってくれる気がする。

私は、聖女の用いる儀礼用ナイフを握りしめた。

――これを使うのは、本当に久しぶり。もう二度と手にすることはないと思っていたけれど。

騎士たちをクレハ市に呼ぶにあたり、私はひとつ頼みごとをしていた――それは、聖女用の儀礼用ナイフを調達してきてもらうこと。聖女が魔獣討伐に参加する際、このナイフは必携だ。精神の統一を助け、魔法を発する起点となる。

私は儀礼用ナイフを胸の前に掲げ、聖女の礼をした――一連のルーティンが、雑念を祓ってくれる。目を閉じれば、胸の中に静寂の海が広がる。

閉眼のまま、一歩、二歩。見えない糸に導かれるように、私は歩き始めていた。大気に薄く広がり、生体内部に凝縮されて、この世のありとあらゆる場には霊的な流動物質が満ちている。その流動物質を、魔力素と呼ぶ。

大気中の魔力素は不均一に分散している。空気の澱《よど》みや生物の動きに影響され、密度に粗密が生じうる。魔獣の体内には、魔力素が凝縮されやすい。だから、潜んでいる魔獣を見つけるには、とりわけ密度の高い場所を探す必要がある。

——ここだ。

私は立ち止まり、目を開けた。酒場の入り口が、すぐ目の前にある。

ゆっくりと、扉を開いて店内に入る。私は、天井から吊り下がったシャンデリアに目を留めた。煌々《こうこう》と照るシャンデリアの上。目で見ても何も見えないけれど——確かに、いる。

私は後ろを振り返り、ギルベルト様や騎士の方々に視線を送った。彼らがうなずきを返す。今から、魔獣討伐が始まるのだ。

舞うように、儀礼用ナイフを持った右手をゆるりとひるがえす。刃から、白銀色の輝きがあふれた。ひとすじ、ふたすじ。ナイフを振るうたび、空中に白銀色の光の線が描き出されていく。やがてレース編みのように緻密な光の紋様——魔法陣が完成した。

「——〝暴け《Reava》〟」

その魔法陣に向けて、古代語の呪文をささやく。魔法陣から光がほとばしり、店内をひときわ強く照らした——次の瞬間、天井のシャンデリアから化け物じみた咆哮が響く。

シャンデリアの周囲の空気が汚泥のような色と化し、ぐにゃりと歪んだ——やはり、ここにいた。透明化していた幼生体が、シャンデリアに付着して生育していたのだ。

——来る！

ぐりゅり、ごきゅり。という咀嚼音《そしゃくおん》のような不気味な音が漏れ出した直後、ぶしゃ、と弾けるようにしてシャンデリアから無数の触手が噴き出してきた。一直線に私を襲う数多《あまた》の触手を、ギルベルト様が切り伏せる。

半透明状の触手生物が、シャンデリアからずるりと落ちてきた。

「総員、蹂躙《じゅうりん》せよ」

ギルベルト様の静かな声を合図に、騎士が陣形を組んで魔獣に向かう。鮮やかな手並みで幾千本の触手を次々と断ち切っていった。ギルベルト様が一足跳びに跳躍し、触手生物の核に迫る――躊躇ない一撃。触手生物が、断末魔の悲鳴を上げる。

「魔触手《ローパー》か……ザクセンフォード辺境伯領では珍しいな。大陸風に乗って飛来したか」

彼がそうつぶやいたときには、触手生物は息絶えていた。鮮やかすぎる手並みに、私は嘆息してしまう。

「お見事です！」

聖騎士隊の魔獣討伐には何度か立ち会ったことがあるけれど、辺境騎士団の彼らのほうが迅速だ。

「エリィが幼生体を見つけ出してくれたお陰だ。人間を襲う前で良かった」

剣に付着した紫色の体液を拭いながら、ギルベルト様は穏やかに答えた。騎士たちも余裕の表情だ。つい先ほどまでキリリと引き締まっていた騎士たちの顔が、日常っぽく緩んでいる。

「……いやぁ！　びっくりしたよ、エリィちゃんってすごい子だったんだなぁ」

「聖女みたいだったよ、エリィちゃん！」

「いや、お前それ違うよ。みたいじゃなくて、どうみても本物だろ」

「てゆーか、本物の聖女よりよっぽど手際良かったぜ!?」

「おれ、エリィちゃんに惚れそう！」

騎士の皆さんが、私を取り囲んで勢い良く話し出す。……どう答えたらいいだろう、と私が悩み始めた瞬間、がつん、ごつんという暴力的な音とともに騎士たちが昏倒《こんとう》していった。

「貴様ら！　エリィについては詮索無用・他言無用と言ったはずだが!?」

美しい顔立ちを怒りに歪ませ、ギルベルト様は騎士たちを殴り飛ばしていた。

「ギ、ギルベルト様!?　暴力はいけませんっ」

あたふたしている私。不機嫌そうに口をつぐむギルベルト様。ぶたれた頭を抱えながら愉快そうに笑っている皆さん。

ひと段落ついて、ゆったりした空気が流れていたそのとき——。

「きゃぁあああああ！」

という甲高い悲鳴が屋外で聞こえた。

私たち全員に衝撃が走る。ギルベルト様を筆頭に騎士たちが外に飛び出した。

「……魔触手がもう一匹⁉」

幼体の魔触手が暴れ狂っている――絡め取られて悲鳴を上げているのは、民間人の女性だった。

不覚だった……もう一匹いたのを、見逃してしまうなんて。でも、どうして民間人がいるの⁉　退去しているはずなのに！

その場にいた民間人は、彼女だけではなかった。彼女の夫と思われる若い男性が、絶叫しながら魔触手に飛びかかろうとしている。男性の後ろには三歳くらいだろうか、幼い女の子が腰を抜かして泣いていた。

騎士のひとりが剣を構えて毒づいた。

「ちっ、お前ら、退去命令を無視したな？」

丸腰で魔触手に飛びかかろうとしていた民間人の男性を、他の騎士が取り押さえる。

「下がっていろ！　民間人が魔獣を倒せると思っているのか！」

「う、うるさい、放せ‼　お前ら辺境騎士団なんて、信頼できるもんか‼　おれの嫁はおれが助けなきゃなら――」

男性が怒鳴り終わるより先に、魔触手の断末魔の悲鳴が響いた。

魔触手の体を貫通して、剣身が突き出している。背後から貫く形で、誰かが魔触手の核を穿《うが》っていたのだ。

「……返すがえす、魔触手が成体化する前で助かった。数日遅れていたらと思うと、ぞっとする」

「ギルベルト様！」

死んだ魔触手がぐにゃりと脱力した瞬間、魔触手の後ろに立つギルベルト様の姿が見えた。

女性を絡め取っていた触手も、筋力を失って地面に落ちる。解放された女性は、泣きながら夫と抱き合っていた。

私はホッと安心していたけれど、騎士団の皆は緊張を緩めなかった。ギルベルト様が、民間人の夫婦を見下ろして鋭い声音で問いかける。

「魔獣討伐のために民間人は漏れなく退去せよ、と通達したはずだが？　なぜ命令に背いた？　自らの命を危険に晒すとは、愚かとしか思えんが」

ひぃっ、と女性が顔を引きつらせた。男性も青ざめていたが、虚勢を張った様子でギルベルト様に反論する。

「うるさい！　おれたちは辺境騎士団の命令なんかには従う気はないんだ……！　お前らが横暴なことはよく知っているんだぞ……どうせ、また立ち退かせて略奪でもするつもりだったんだろう！」

略奪？　……この男性は、何を言っているんだろう。実際に魔獣から助けてもらったのに、なぜ略奪などという話になるんだろうか。

「それに、退去命令に従わなかったのは、おれたち家族だけじゃない！　なぁ、そうだよな、皆⁉」

男性が声を荒らげると、少し戸惑いがちに、二十人くらいの老若男女がいくつかの家屋から出てきた。

「おれたちは皆、サラヴェル村からの移住者なんだ！　ようやく辺境騎士団と無縁の穏やかな暮らしができて、心の傷も癒えてきたところだったのに……またお前ら騎士団に追い出されるなんて、絶対に我慢ならなかった‼　だから命令に背いてやったんだよ！」

男性の怒鳴り声に釣られて、「そうだ」「そうだ」と声が上がり始めた。

「お前たちがした悪行を、オレらは絶対に忘れないぞ‼」

「よくも、わたしの子を殺したわね⁉　あんたたちを呪ってやる！」

「偽善者ぶった騎士団の奴らになんて、絶対に従うもんか‼」

罵詈雑言の嵐。でも、ギルベルト様も騎士たちも、怒った様子もなく彼らの怒号を聞いていた。どうして怒らないんだろう？　私は震えながら、人々の声を聞いていた。

「そもそも、どうして魔狼騎士が騎士団長になっているんだ⁉」

「貴様の横暴を、俺たちは許さんぞ！」

「魔狼騎士のギルベルト・レナウを騎士団長に据えるなんて、領主様はいったい何をお考えなんだ！」

「おぞましい貴様の姿なんぞ、二度と見たくない！」

人々の怒りが、やがてギルベルト様ひとりに向かった。ギルベルト様は表情もなく、静かに彼らの声を聞き続けている。

「騎士の皮をかぶった悪魔め！　死ね、消えろ!!」

――やめて。

「いい加減にしなさい！」

私は声を張り上げていた。

人々と騎士たちの視線が、一斉に私に注がれる。

「横暴なのは、あなたたちです。辺境騎士団の騎士たちは、この地に潜んでいた魔獣を二体も討伐したのですよ？　あなたたちも実際に、見たはずでしょう!?」

ギルベルト様が、手振りで私を制止しようとしていた。でも、私は口をつぐむ気はない。

「略奪？　偽善者？　何を言ってるの!?　あなたたちを守るための退去通達だったのに、それを無視したあげくに騎士団を非難するとは何事ですか！」

怒りの止め方が分からない。

「この街に誰ひとり被害が出なかったのは、騎士たちの対処が適切だったからです。未然に災厄を防いだことへの感謝もなしに、どうして無茶苦茶な態度をとれるのですか？　恥を知りなさい！」

騎士団を侮辱されたことが悔しくて、私はいつまでも怒鳴り続けようとしていた。そんな私の肩を引いて強引に止めたのは、ギルベルト様だった。

「もういい、エリィ。十分だ」

「でも……」

「いいんだ。彼らが逆上するのにも、相応の理由がある」

静かだけれど有無を言わせない声音で、彼は私にそう言った。だから私は、従うしかない。

胸の悪くなる沈黙。……幸せな旅行からの、一転した息苦しさ。

そんな沈黙を断ち切ったのは、幼い子供の声だった。

「ありあとーございました」

その声は、すぐ足元で聞こえた。ハッとして足元を見ると、先ほど泣いていた女の子がギルベルト様を見上げて目をきらきらさせていた。

「おかあさんを、たすけてくれて、ありあとござます！」

どうやらこの女の子は、さっき魔獣に襲われていた女性の娘さんらしい。どこからか摘んできたらしい一輪の花を、ギルベルト様に渡そうとしていた。

重苦しい沈黙の糸が、ぷつりと切れる。

ギルベルト様が複雑そうな笑顔を浮かべてひざまずき、その花を受け取っていた。

「……ありがとう」

「どいたましてー」

女の子がニカッと笑う。幼い笑顔に毒気を抜かれたのか、人々の空気が少し緩んだ。

「魔獣討伐は完了した。死骸の撤去が済み次第、全域の退去通達を解く。それまでは全員、各戸にて待機するように。誰ひとりの例外も認めない。以後の違反者は、厳罰に処す」

静かだけれど有無を言わせない声音で、ギルベルト様が民間人たちに命じた。今度は誰も反論せず、黙ってそれぞれの家に戻っていった。

団長命令を受けた騎士たちが、すばやく死骸の撤去を始めている。

「日没までに完了させ、騎士団本部へ戻るぞ」

「Yes, sir.」

息のそろった騎士団員たちの仕事を、私はぼんやりと見つめていた――。

＊

魔獣討伐を終えた私たちは、その日の夜更けに辺境騎士団の基地に戻った。

「せっかくの休みだったのに、すまなかったな。エリィ」

と、ギルベルト様は私を気遣ってくれていたけれど。私よりもギルベルト様たちのほうが疲れているのは間違いない。魔獣を倒して死骸を運び出すだけでも大変なのに、住人たちから心ない非難まで浴びせられたのだから……。

「この埋め合わせは日を改めてまた、させてくれ」

「お気遣いには及びません。ギルベルト様こそ、今日はおつかれさまでした。ゆっくりお体を休めてくださいね」

彼は口元に小さな笑みを浮かべて、騎士団長の執務室へと向かっていった。今日の魔獣討伐の後処理で、まだまだたくさんの仕事をしなければならないのだろう。

お手伝いできることがあるならなんでも手伝いたいけれど……。そこまで申し出るのは図々《ずうずう》しすぎる気がして、黙って背中を見送った。

「――はぁ」

誰もいない食堂で、私はうなだれながら溜息を吐き出した。……本当に、今日はいろんなことがあった。

ギルベルト様と、楽しい時間を過ごせて幸せだった。

誰ひとりの犠牲も出さず、魔獣を無事に倒せて良かった。

でも……クレハの街で出会った人々の心ない言動が、やっぱり許せない。

彼らは辺境騎士団のことを、偽善者とか人殺しとか罵って憎んでいた。とくにギルベルト様のことを、悪魔だとか、横暴だとか――。

「おつかれさん、エリィ。せっかくのデートだったのに、災難だったね」

頭の上から中年女性の声が響き、顔の前にコトンとスープ皿が置かれた。

「……ドーラさん！」

「腹減ってんだろ？　あんたの分だよ、食いな」

湯気とともに、おいしそうな匂いが鼻腔《びこう》に入り込んできた。きゅる～っとお腹が鳴ってしまう。

「……いただきます」

「はいよ」

スプーンまで手渡してくれるドーラさんの心遣いが、本当に温かかった。ずっと張りつめていた気が緩んで、なんだか目が潤んでしまう。

「……うぅ」

「出かけた先で魔獣に襲われたって？　かわいそうに」

ドーラさんは、私を魔獣被害者のひとりみたいに思っているようだ。私が魔獣討伐に加わっていたことは、今日の作戦に加わった騎士以外の人は知らない。

「怖かったろう？　あんたが無事で良かったよ」

「……いえ。私が怖かったのは、魔獣よりむしろ街の人たちのほうでした」

ん？　とドーラさんは首を傾げている。

「騎士たちが魔獣を倒したあと、街の人たちは感謝するどころか、ひどい言葉を浴びせかけてきたんです」

――お前たちがした悪行を、オレらは絶対に忘れないぞ!!

――よくも、わたしの子を殺したわね!?　あんたたちを呪ってやる！

――偽善者ぶった騎士団の奴らになんて、絶対に従うもんか!!

「とくに、ギルベルト様は憎まれているみたいでした。魔狼騎士とか、悪魔とか、本当にひどい言葉を……」

思い返すと悔しくて、涙がこぼれそうになる。ドーラさんは黙って聞いていたけれど、

「そいつら、サラヴェル村からの移住者だとか言ってなかったかい？」

と、表情もなくつぶやいていた。

「そういえば。そんなことを言っていました。ようやく穏やかに暮らせるようになった

のに、騎士団に追い出されるのは許せないとか」

「はぁ。バカな奴らだね。そいつら、あたしの同郷さ」

「同郷……？」

「同じ村に住んでたってこと。サラヴェル村はね……メライ大森林との境界沿いにあった、割と立派な村だったんだけどさ。……五年前に魔獣に襲われて滅びちまった。生き残った村人たちは領主様の計らいで、領内に分散移住させてもらえたんだけどね。いまだに、昔のことを引きずって辺境騎士団を逆恨みしてる奴も多いと聞くよ？」

ドーラさんは教えてくれた。

「森から湧き出てきた〝魔狼〟っていう狼の魔獣に、村人の大半が喰い殺されてね……。自警団をやってたあたしの旦那も、喰われちまった。……辺境騎士団が駆けつけたときにはもう、ほとんど手遅れだったんだよ。あたしと子供らは、あと一歩ってところでレナウ団長に救われた。あのときミアは赤ん坊だったし、ルイはまだあたしの腹の中だったから、団長が救いの神様に見えたよ。あぁ、当時はまだ団長じゃなくて、第一部隊の隊長だったんだけどね」

ドーラさんは、旦那さんを魔獣に殺されたときの悲しみを静かに呑み下すように、淡々と語り続けている。

「あたしらの村がとびきり不幸だったのは、二種類の魔獣に同時に襲われたことさ」

「……二種類の？」

「魔狼の体にくっついて、目には見えないノミみたいに小さな魔獣が村に蔓延《まんえん》しちまったんだって。そのノミみたいな魔獣は、魔狼に喰われた人間の亡骸《なきがら》に寄生して……操っちまう能力があるんだってさ。あたしら生き残りの村人たちは、今度は死んだ仲間の亡骸に襲われたって訳」

どうだい、胸糞《むなくそ》悪いだろ？　と、ドーラさんは吐き捨てるようにつぶやいた。

「暴れ狂う亡骸たちにきっちりトドメを刺して火葬してくれたのが、レナウ団長たちだった。大した男たちだと思ったよ。うちの旦那だって、魔獣なんかに亡骸を乗っ取られるより、素直に眠らせてもらえて嬉しかったと思う」

「そんなことが……」

「でも、村人の中には逆恨みする奴らも多かった。『せっかく生き返った村人たちを、騎士団が殺した』って……無茶苦茶だろ？　とくにレナウ団長はすさまじい働きぶりだったし、髪も目も魔狼みたいな色合いだから『魔狼が化けた』とか『悪魔だ』とか、ずいぶん罵られてたよ。話が歪んで世間に伝わって、『レナウ団長が一般人を焼き殺した』とかって、バカげた噂話まで広まってさ……あたしは悔しくて仕方ないよ。でも、団長は全然否定しないんだ」

ドーラさんは、とても悔しそうだった。

「ともかく。どれだけつらかろうと、非難されようと、仕事をやり遂げてくれたレナウ団長は、男の中の男だと思うよ」

その後、魔獣を完全に殺すために、村ごと焼き払うことになったそうだ。生き残った村人たちは、聖女の浄化を受けたり心身の手当てを受けたりしてから、他の街や村での居住権を貰って移住したらしい。

「だから辺境騎士団の皆さんは何も悪くない。あたしだって未亡人になっちまったけど、こうして騎士団で働かせてもらえて毎日楽しいし、アンナともども雇ってもらえて、ミアとルイの居場所まで作ってもらえてるんだから。感謝しきれないよ！」

……だからあんたも、誇りを持ちなよ。と言って、ドーラさんは私の背中をポンと叩いた。

「あんた、大した男に惚れられてるんだからさ。もっと自信持って堂々としてなきゃ」

「ほ、惚れられ⁉」

悲しい気持ちで話を聞いていたのに、いきなりとんでもないことを言われてしまった！

「な。何を言っているのですかドーラさん⁉　惚れ……？　ギルベルト様が？」

「あんたこそ、今さら何を言ってんの。どう見ても惚れられてんだろ？　……まさか気づいてなかったのかい⁉」

惚れられる……？

「あり得ませんよ、そんなの。だって私、楽しいおしゃべりもできないし、かわいげもないし。家族からも嫌われて〝氷みたいに冷たい女〟って……」

「氷ぃ？」

ニタッと笑って、ドーラさんは首を振っていた。

「あんたが初めて来たときから、氷だなんて思わなかったよ？　びくびくしてかわいそうな子だとは思ったけど。でも、今のあんたはあったかい笑い方をするようになった」

だから、ほら、行ってきな！　とエリィさんは私を立たせて背中を押した。

「行くって、どこへですか？」

「レナウ団長のところに決まってるだろ、励ましてきてやりな！　サラヴェル村のバカな奴らのせいで、沈んだ気分になってるはずだよ。惚れた男を元気にしてやるのは、女の役目なんだからさ」

ギルベルト様を、私が励ます――？　そんなことができるなら。

「私、行ってきます」

「あいよ。行っといで」

ずいぶん探し回った末に、ようやく私はギルベルト様を見つけた。屋上の床に腰を下ろして、ひとりで夜空を仰いでいた。

――ギルベルト様。本当に星を見るのが好きなのね。

遠い昔にギルベルト様は誰かと一緒に星を見て、「あなたの目は灯り星のように温かくて綺麗」と言われたことがあるらしい。そのときは、誰と見たのかな――と思った瞬間、私の胸はちくりと痛んだ。

「……ギルベルト様！」

彼は灯り星に似た金色の目を大きく見開いて、私を振り返った。

「……エリィ」

「一緒に、星を見てもいいですか？」

彼は優しく目を細め、ゆったりと腕を開いた。

「おいで」

胸の高鳴りに戸惑いながら、私は彼の隣に腰を下ろした。

隣に座って一緒に星を見ていると、ギルベルト様はそっと肩を抱き寄せてきた。いきなりのことだったし、ドーラさんの『団長はあんたに惚れてる』という言葉を思い出してドキドキしてしまう。

「……あ、あの。ギルベルト様？」

「夜に外に出るときは防寒しておけと言ったじゃないか。今日は俺が外套《コート》代わりだ」

「コート？　あなたが……？」

ほら、やっぱり惚れられてる訳じゃなくて、ただ優しいだけなんだ……と、少し拍子抜けしてしまった。筋肉質な人は熱の産生が多くて体温が高いと聞いたことがあるけれど、なるほど確かにギルベルト様に抱かれているとあったか――。

「い、いいえ、そういうことじゃなくて！　今すぐコートを取ってきます」

慌てて立ち上がろうとした私を、彼は引き留めた。

「このまま君と星を見たい。……いてくれないか？」

「……………はい」

罪な人だな、と思いながら、私は彼に身を寄せる。それから私たちの間には、いつもの沈黙が流れた。

「今日は、君に救われることばかりだった。俺のような卑しい者に、君はいつも手を差し伸べてくれる」

見上げると、彼はまっすぐ私を見ていた。優しいけれど、とても悲しそうな目で。

「あなたは卑しくありません」

私がきっぱりそう言うと、ギルベルト様は少し驚いた様子だった。

「ドーラさんから、サラヴェル村の人たちの話を聞きました。ギルベルト様たちが最善の働きをしたことは、間違いありません。あなたを悪く言う人がいるなら、私がその人を怒りに行きます」

エリィ、と小さくつぶやいたきり、ギルベルト様は目を伏せた。どうしたら、この人を元気にできるだろうか。

「あなたの金色の瞳は魔狼の色ではなく、灯り星の色です！ ……あなたを悪く言う人たちの言葉と、あなたを信じる私の言葉。ギルベルト様は、どちらを信じますか？」

前に言われたのと同じセリフで、私は彼に問いかけた。私の言葉が意外だったらしく、彼はぽかんとしていたけれど。やがて大きな笑みを浮かべた。

「悩むまでもない。俺が信じるのはエリィだ」

こんなに嬉しそうなギルベルト様を見るのは、初めてだった。

「俺が灯り星だというのなら、君は北極星だ。旅人が迷わないよう道を示す北極星のように、エリィはいつも俺を導いてくれる。幼い頃から、君は変わらない」

「幼い頃……？」

私が戸惑っていると、彼は申し訳なさそうに首を振った。

「――失礼、俺の言い間違いだ。君によく似た少女に救われたことがある」

「……私に似た人とは、いつどこで出会ったのですか？」

聞いてしまった。

ひとのプライベートに踏み込むなんて、失礼なことだと分かっていたけれど……ずっと胸に引っかかっていたから。

「十一年前だ。宮廷の庭園で出会った」

「宮廷？」

「あのとき俺は、父親を殺しに行くところだった」

「…………!?」

いきなり恐ろしい話になり、私はびっくりしてしまった。

「俺は、貴族の父がミゼレ人の奴隷に生ませた子供なんだ。……エリィは、ミゼレ人のことは知っているか？」

私が首を振ると、彼は静かに説明を加えた。

「ミゼレ人は、国境に接する山岳地帯に住まう民族だ。この国では〝異民族〟と呼ばれることが多い」

異民族という存在については、私も少し聞いたことがある。二十年以上前には、この国と頻繁に武力衝突を起こしていたという。

「トパーズのような金色の瞳は、ミゼレ人の特徴なんだ。……高い身分の父親が、ミゼレ人奴隷の女を孕ませてできた子供が、俺だった。俺は瞳の色を母親から、髪の色を父親から引き継いだ。おかげで魔狼のような外見になってしまったが」

自嘲気味に、彼はつぶやいた。

「ずっと父親を憎んでいた。世間から隠され、罪人のように狭い部屋で生かされる日々──そんなある日、事件が起こった。父の正妻に毒殺されかけてな。すっかり絶望した俺は、父を殺して自分も死のうと思った。だから俺は、夜の宮廷に忍び込んだ」

私なんかが聞いてもいい話なのだろうか？　でも、ギルベルト様は表情を薄くして、淡々とした声音で話し続けている。

「庭園でその少女に出会ったのは、本当に偶然だった……六、七歳の幼い少女だ。彼女は転んで足を怪我したらしく、ひとりぼっちで泣いていた。義妹に意地悪をされて、パーティの途中で逃げ出してきたのだと言っていた」

無表情に近かったギルベルト様の顔に、ふいに優しい笑みが浮かんだ。

「俺は彼女の足を、手当てしてやった。……早く父親を殺しに行かなければならないのに、なぜこの子を放っておけないんだろうかと自分でもふしぎだったが。彼女が嬉しそうに笑ってくれたから、俺も嬉しかった。そして復讐《ふくしゅう》なんてバカらしくなって、彼女と一緒に星を見たんだ」

灯り星の物語も、そのとき聞いたんだ──と、懐かしそうに笑っている。

「彼女は俺の目を、灯り星のように温かくて綺麗だと言った。誰からも疎まれていた俺に、親しくしてくれた。──あの日のことは、一生忘れない」

「その女の子とは……それからどうなったのですか？」

「星を見ていたのも束の間《つかま》、俺たちはすぐ見つかって引き離された。彼女は高貴な家柄の令嬢だったし、二度と会えないのは明白だった。……俺は、そのあとしばらく投獄された」

「投獄……」

「よく処刑されなかったものだと、今でもふしぎでたまらない。……異母兄が理解ある人だったから、いろいろ手を回して俺を守ってくれたのかもしれない」

私の肩を抱くギルベルト様の手に、力がこもる。

「彼女に出会って、俺は変わった——彼女に誇れるような生き方を、しなければならないと思ったんだ。隔離された生活の中でもできうる限り勉学に励み、自衛のためにと鍛錬を怠らなかった。……そんな俺を、兄はたいそう気に入ってな。兄が当主になったとき、俺は隔離を解かれた。以後は、兄と親交の深いユージーン・ザクセンフォード辺境伯閣下のもとで働き、今では辺境騎士団の団長の任を仰せつかっている」

長い話はこれで終わりだ——。と、ギルベルト様は静かに言った。

私は。

私は分からなかった。

どうしてこんなに切ないんだろう。

なんで〝懐かしい〟と感じてしまうんだろう。

ギルベルト様の思い出の人は、私じゃないのに。

私が初めて彼に会ったのは、ほんの数か月前のことなのに。

分からない。

分からないのに――。

「……ギル」

唇が勝手に、彼を愛称で呼んでいた。ギルベルト様が驚いた顔をしている。

私は、慌てて自分の口を押さえた。

「ごめんなさい！　なぜか、勝手に…………」

慌てふためく私を、彼は目を見開いたまま観察していた。

「すみませんでした、ギルベルト様！」

言い直すと、彼の美しい顔立ちに悲しそうな影が差した。

「――そのままがいい」

「……え？」

「できれば、今後はそのままで。君にはギルと呼ばれたい」

彼は両手で私の頬を包み、慈しむように笑みを浮かべた。

「…………でも」

「俺をそう呼ぶのは嫌か？」

嫌な訳がない。

「でも、……私なんかが、本当に呼んでいいのですか？」

「呼ばれたいんだ」

呼びたい。呼んでしまいたい。

「ふたりきりのときだけなら……失礼になりませんよね？」

恥ずかしくて体が震える。目線をうろうろ彷徨《さまよ》わせながら、私はかすれる声でささやいた。

——ギル。と。

❄ ——————————— ❄ ——————————— ❄

■堕《お》ちていく大聖女

——義妹／大聖女　ララ・ヴェルナーク

「大聖女様！　なぜお役目を果たしてくださらないのですか⁉」

「ララ様の神託に従った結果、すでに前年の五倍を超える魔獣被害が国内各地で出ております！」

――あぁ。うるさい。うるさい。うるさい。

わたしを取り囲んでしつこく責め続けるのは、国王陛下の側近である四人の宰相たち。彼らは、寄ってたかってわたしをいじめる。わたしは聖堂でうずくまり、頭を抱えて彼らの怒鳴り声に耐えていた。

「大聖女ララ様、我らをお導きくださいませ！　ただちに聖女・聖騎士の正しき布陣をお定めください」

「すべての聖女のうち三割もの大人数を王都に集約させるなど、前例のないことです！　その一方、国内東部の各領では、聖女がほとんどいない状態……こんな状態でもし東部に魔獣の大発生が起これば、甚大な被害は必至です！　万が一、東部が弱体化すれば、異民族が攻め込んでくる危険性さえあるのですぞ！」

「なぜ、このような布陣になさったのですか⁉　納得のいく理由をお聞かせください」

「ララ様のご神託は、真《まこと》に女神アウラよりお受けになったものなのですか⁉」

――うるさい。

私はゆらりと立ち上がり、四人の宰相を睨みつけた。

「……わたし、体調が悪いの。あんたたちが毎日うるさいから、女神の声が聞こえないわ。わたしを非難する前に、自分たちのバカさ加減を反省したらどう？」

わたしは宰相たちの間を通り抜けて、聖堂の出口に向かった。

「──そんなに大聖女《わたし》が信じられないって言うのなら、そっちの大司教《ジジイ》に布陣を決めさせなさいよ。何十年も聖職者やってるんだから、だいたいの勘どころくらい分かるでしょ？」

脇で控えていた大司教が、かすれた声で反論してくる。

「ララ様、それは無理というものです。わたくしは、あくまで補佐。魔力素の流れを掌握し、聖女・聖騎士の布陣を決めて国防を担うお役目は、大聖女様にしか……」

「うるさい！」

私が声を張り上げると、大司教は言葉を失った。もともとしわだらけだった高齢の大司教は、最近さらに老いさらばえて、枯れ木みたいに痩せ細ってしまった。──こんな老人、全然役に立たない。

「大聖女《わたし》が心労で倒れたら、どう責任とってくれる訳？　休ませなさいよ！　……わたし、がんばってるんだから。文句ばっかり言ってるあんたたちとは、違うんだから!!」

怒鳴るわたしのことを、四人の宰相が冷ややかな目で見つめていた──侮蔑の眼差しで。わたしのことを、出来損ないとか役立たずとか思っているのが、ものすごく伝わってくる。

――腹が立つ。

私は聖堂の外に出た。専用の馬車に飛び乗り、そのまま宮廷に戻る。イライラして、無意識にガリガリと爪を噛んでいた。爪先から鉄の味がして、ハッと気づくと血がにじんでいた。こんな汚い爪、王太子妃としてふさわしくない。馬車の窓ガラスに映り込んだ自分の顔を見て、愕然とした。――なに？　このガサガサの肌。目の下の濃いクマ。汚い顔……これが私なの？

――冗談じゃない。

大聖女としての務めを果たすことを決めて以来、わたしは毎日、聖堂にこもって勉強を続けた。王太子妃としての仕事は政務女官に代行させているから、私は大聖女の役目に集中し続けていた。一応、大聖女の役割というのは、理解できた。でも、理解するのと実行するのは別問題だ。

大聖女というのは、女神から能力を付与された特別な女。国内に数百人いる聖女の中で、一番偉いのが大聖女。大聖女だけが生まれつき〝聖痕〟を肌に持っていて、魔力素というエネルギーみたいなものを正確に感じ取る能力がある。そして大聖女は、その魔力素の流れや量を見極めて、魔獣や瘴気があふれ出す場所やタイミングを予測する。人手の少ない聖女や聖騎士が効率的に働けるように、布陣を決める。

「……分かってる、分かってるわよ！　でも、なんなのよ、魔力素って!!　そんなの、全然見えないじゃない」

血塗れになった爪で、私はヒステリックに左の胸を引っ掻いた。大聖女の白装束に、醜い血のすじが残る。

いくらがんばっても、わたしには魔力素なんて感じ取れない。だから、適当に布陣を決めた。――その結果は、散々だった。国内の各所で魔獣や瘴気の対策が機能しなくなり、所領を任されている貴族たちから怒りの声が上がっているらしい。

民衆からも、「大聖女がきちんと仕事をしていないんじゃないか」あるいは、「大聖女は無能なんじゃないか」と非難が高まり始めている。

「……うるさい。うるさい!!」

私は、馬車の内壁をヒステリックに殴り続けた。

*

宮廷に戻り、お気に入りのドレスに着替えた。

侍女にお茶を入れさせて、ようやく少し気分が落ち着いてきたところで――。

「がんばってるかい？　ララ」

と、涼やかな声が聞こえた。

「アルヴィンさま！」

公務でずっと地方に出向いていたアルヴィンさまが、わたしのところにやって来た。

わたしは笑顔で立ち上がり、彼にぎゅっと抱きついた。

「アルヴィンさまぁ。お会いしたかったですぅ！」

「……僕のララ。少し痩せたみたいだね。つらいことでもあるのかな？」

「そうなんですぅ！　皆がヒドイの！　わたしが大聖女の仕事を、ちゃんとやってないって言うんですよ⁉」

わたしは彼に報告した。宰相たちが、わたしを無能呼ばわりすること。よぼよぼの大司教が〝魔力素〟とかいう、ありもしないモノを見ろと言って無茶苦茶な修業を押し付けてくること。皆が、魔獣被害を大聖女のせいにして、全部の責任を押し付けようとすること。

「ね⁉　ひどいでしょ⁉　お願い、アルヴィンさま。あなたの力で、わたしをいじめる奴らを――」

「困った子だね、ララ。お飾りの仕事くらいは、自分で上手くやってくれなくちゃ」

……え？

「魔力素だかなんだかというものが、実在しないモノだということは僕にも理解できているよ？　結局、教会の老害どもが権威付けの道具として、不可視のモノを信じたいだけなんだろう？」

アルヴィンさまは、いつも通りの美しい笑みを浮かべていた。気品あふれる王太子としての微笑。でも、今日はどこか冷たい。

「大聖女である君の役目は、教会の老人を上手く使って情報を引き出し、聖女たちの布陣を決めさせることさ。教会の老人にも民衆にも、愛想よく接して上手に転がしてやればいいんだよ？」

アルヴィンさまが何を言いたいのか、よく分からない。でも……わたしを非難しているのだけは、伝わってきた。

「それくらい、どこの令嬢でもできることだと思っていたけれど」

「！」

甘やかな顔でわたしを抱き寄せ、アルヴィンさまは耳打ちしてきた。

「がんばってね、僕のララ。妻である君が無能だと、僕の評価まで堕ちるじゃないか。エリーゼから君に聖痕が移動したことを、怪しまれたら厄介だろう？　……だから、がんばってね」

アルヴィンさまはにっこり笑って、去っていった。

「きぃいい！」

わたしはティーカップを床に打ち捨てて叩き割った。

──なんなのよ！　それが、夫の言うセリフ⁉　アルヴィンさまがこんな最低な男だったなんて、思わなかったわ‼

頭に血が上ってクラクラする。心臓が不規則な脈を打っている。

左胸の聖痕のあたりが、じくじくと不吉な痛みを放っていた。

第5章　すべて、移りゆく

「エリィちゃんが生きてることが、国王陛下にバレそうなんだ」

と、執務机に着いたユージーン・ザクセンフォード辺境伯閣下が、深刻な顔でつぶやいた。

「陛下は疑ってる――オレが重要人物の秘匿に関わってるんじゃないか、ってな」

深い緋色の髪を掻きむしりながら舌打ちしている閣下の様子を、私は呆然としながら見つめていた。


今日の朝、ザクセンフォード家の家令の方が騎士団本部に来た。「緊急の事案にて、騎士団長と雑役婦エリィは至急、参上せよ」と言われ、ギルベルト様と私は閣下のお屋敷に向かった。そこで聞かされたのが、「エリーゼがザクセンフォード辺境伯領に潜んでいるのでは？」と国王陛下が疑っているという話だった。

私の隣で話を聞いているギルベルト様も、緊迫した表情で閣下の話を聞いている。

「エリィちゃん、ごめんな。オレがいらん世話焼いて、君をクレハ市に行かせたせいで、悪目立ちさせちまった」

謝罪してくるユージーン閣下に、私は慌てて言葉を返した。

「いいえ、私が独断で行動したのが原因です。……それでも、やっぱりあのとき魔獣を討伐できて良かったと思います。街の人々を死なせずに済みましたから」

そう。私は悪目立ちしすぎてしまった。

先日のクレハ市での魔獣討伐のとき。非協力的な住民たちを、私は激しく叱責した。

「命を救ってくれた辺境騎士団を、化け物呼ばわりするとは何事ですか⁉」と。私たちが帰ったあと、住民の間で話し合いがあったらしい。

――「おれたちの行動は、間違っていたのではないか？」

――「サラヴェル村で起きた不幸な事件のことも、逆恨みなどせず、辺境騎士団に感謝すべきではなかったのではないか？」

結果的に住民たちは非を認め、教会に懺悔《ざんげ》をしに行ったのだそうだ。「自分たちを叱ってくれた、あの聖女さんに懺悔をしたい」と、言ってきてくれたそうで……。

しかし、私は教会所属の聖女ではない。

その女性は何者だ？ という疑問を抱いた地方教会が、中央教会に報告を上げたらしい。その結果、どんどん話がこじれていったそうだ。

ユージーン閣下は、眉間にしわを寄せている。

「君の活躍が裏目に出て、君の居場所がなくなるなんて冗談じゃない。良い働きをした者は、相応の報酬を得るべきだ。……なのに、クソッ。中央教会がクズすぎるのも、悪目立ちの原因になっちまった」

私に注目が集まってしまった、もうひとつの理由。……それは最近、中央教会への批判が高まっていることだ。

中央教会の大聖女は、『国内のどの地域に、何人の聖女・聖騎士を派遣するか』を決定する役目を負っている。女神アウラの神託を受けるという名目で行われるその布陣決めは、国防に直結する最重要任務だ。……それなのに、大聖女ララがめちゃくちゃな布陣を敷いたせいで、国内各地に混乱が起きているらしい。

「各地で魔獣被害が増えてるのに、ザクセンフォード辺境伯領だけ被害が減ってるから、すごく悪目立ちするんだ。『こんなに少ない人員なのに、どうしてお前の領地だけ被害が減ってるんだ』って。被害状況は地方教会が中央に向けて全例報告するルールだから、オレも数字を操作できねぇんだよ。……管轄が教会じゃなければ、オレが適当に被害報告をでっちあげて悪目立ちしないように細工できたんだが」

――クレハ市の一件から、謎の聖女の話題が上がったこと。

――国内各地が混乱しているのに辺境伯領だけ無事なこと。

それらふたつの理由から、国王陛下は『ザクセンフォード辺境伯が誰かを隠している』と勘繰っているらしい。

「とりあえず、陛下に問い詰められてもシラを切っといたが。バレるのは時間の問題だ。……どうする、エリィちゃん？　実家に連れ戻されるとやべぇんだろ？　辺境伯領《うち》からこっそり逃げ出すのもひとつだ。出ていくんなら、何人か護衛をつけて──」

「国王陛下に会いに行きます」

私はきっぱり言った。

「ここで逃げ出したりしたら、辺境伯閣下とギルベルト様にご迷惑がかかります。私は自ら、国王陛下に謁見を求めて事情を説明したいです」

隠れているのがバレて無理やり引っ張り出されたり、さらに逃亡して話をこじらせたりするよりも、自ら事情を説明しに行ったほうがいい。そのほうが、大切な人たちに迷惑をかけずに済むからだ。

「閣下やギルベルト様は、私の恩人です。命を救ってくださって、居場所も与えてくださりました。恩をあだで返すような真似は、絶対にしたくありません。……国王陛下との謁見の機会を作っていただけませんか？」

「……分かった。話を通しておく」

「ならば俺の同行をお認めください、閣下」

ギルベルト様が、すかさず言った。

「……ギルベルト様？」

「俺がエリィに同行します。陛下にすべてを伝えたのち、エリィを必ず辺境伯領に連れて帰ります」

連れて帰る……？　私を？

「あぁ、うん。それいいアイデアだ。頼むわ、お前なら任せられる」

ユージーン閣下は、安堵した顔でうなずいている。

「必ずや」

騎士の礼をして答えるギルベルト様の姿を、私は呆然として見つめていた――。

＊

「……本当に、私を辺境伯領に連れて帰ってくださるのですか？」

宮廷に向かう馬車の中。私は、隣に座るギルベルト様に問いかけた。

「もちろんだ」

短く答えるギルベルト様は、さほど緊張していない様子だった。一方の私は、緊張で指の先が小刻みに震えてしまう。

辺境伯領から王都へ向かう数日の移動はトラブルもなく進み、馬車はとうとう王都に入った。もうすぐ、国王陛下に謁見する。

「エリィ。怖いのか、震えているな」

「……平気です。アルヴィン殿下に婚約を破棄されるまでは、何度も国王陛下にお会いしていましたから」

国王陛下は聡明《そうめい》な方だ。行方不明から死者扱いになっていた私が、ザクセンフォード辺境伯領に隠れ住んでいたことだって……きちんと説明すれば理解してくださるに違いない。でも私は、もう二度と辺境伯領に戻れないのではないかと思うと、怖くてたまらない。

「心配するな。必ずエリィを連れて帰る」

彼の大きな掌が、私の手の上に重なった。彼はゆったりと笑っている。

――どうして、そんなに笑顔でいられるの？

「………私を王都に、置いていかないでくださいね」

「当たり前だ。約束するよ、一緒に帰ろう」

馬車が到着し、私たちは国王陛下の待つ謁見の間へと通された。

＊

「久しいな、エリーゼ嬢。そなたが息災であったこと、心より嬉しく思うぞ」

玉座に坐《ざ》した国王アルベリク・エルクト・イスカ＝ヴェルナーク陛下は、威厳ある笑みで私たちを迎えた。御年四十歳になられる国王陛下は、銀灰色の髪もアクアマリンの瞳も王太子殿下《アルヴィン》とよく似ている。けれど、国王陛下のほうが精悍な印象だ。

「ご無沙汰しております、国王陛下。今まで身を潜めて暮らしておりましたことをお詫《わ》びいたしたく、馳せ参じました」

私が淑女の礼をすると、国王陛下はゆったりと笑った。

「楽にせよ、すでに人払いは済ませてある。それに、久しぶりだなレナウ子爵。変わりないか？」

「おかげさまで息災に過ごしております」

「そうかそうか。それは良かった」

馴れた様子で淡く微笑むギルベルト様と、機嫌良く笑う国王陛下。もしかすると、ギルベルト様は陛下と親しい間柄なのかもしれない。数年前にギルベルト様が騎士から一代子爵へと陞爵《しょうしゃく》されたのも、陛下の強い意向を受けてのことだった――という噂は、前に聞いたことがあった。雄々しい獣を思わせる大柄な体格のこのふたりには、どことなく似た雰囲気がある。

「――さて、エリーゼ嬢」

不意に国王陛下の視線が、私を捉《とら》えた。

「本題に入ろう。クローヴィア侯爵領で行方不明となったそなたが、なぜザクセンフォード辺境伯領にいたのか。聞かせてくれるかな？」

私は話した。

実家であるクローヴィア侯爵領で、移動中の馬車が魔狼に襲われたこと。

大森林の奥まで逃げ込み、危ういところでギルベルト・レナウ卿に救われたこと。

クローヴィア侯爵領には戻らず、私の希望でザクセンフォード辺境伯領に赴いたこと。

「なぜ、クローヴィア侯爵領に戻らなかった？」

国王陛下は、怜悧な瞳で問うてくる。ひとかけらの虚偽も認めない、と言わんばかりに私を直視していた。

もちろん私には、嘘をつく気はない。

「実家に居場所がなかったからです」

私の左胸にあった、大聖女の資格である〝聖痕〟があるとき突然なくなってしまった。

同時期に、アルヴィン王太子から婚約破棄を言い渡された。大聖女にも王太子妃にもなれなくなった私は、侯爵家の恥と罵られて領内の古い屋敷に追いやられることになったのだ。

「あのままクローヴィア侯爵領に戻っていたら、不遇な暮らしを強いられていたはずです。だからレナウ卿にお願いして、ザクセンフォード辺境伯領にお連れいただきました」

　国王陛下は顎に手を添え、何かを思案している様子だ。やがて、表情もなく私に言った。

「エリーゼ。そなたの話は、クローヴィア侯爵が報告してきた内容とまったく異なる。つまり、どちらかが嘘をついているということだ」

　陛下は、私を疑っているのだろうか。私の弁明など、聞いてもらえないのだろうか。

全身から、冷たい汗が噴き上がる。

「クローヴィア侯爵がそなたを冷遇し、別邸に隔離を試みたと？　そんな報告は受けていない。聖痕を失ったそなたが憔悴《しょうすい》し、心を患ったために療養させると聞いていた。それに、アルヴィンがそなたに婚約の破棄を迫ったというのも初耳だ。クローヴィア侯爵の同席のもとで、婚約破棄を突きつけてきたというのか？」

　震えそうになる自分を鎮め、私は「はい」と答えていた。

「アルヴィンが唐突にそのような愚行を働いたと？　そして、その前後に聖痕が消え失せていた――と？　実に不自然な話ではないか。アルヴィンの愚行と聖痕の消失は、いずれが先だったのだ。詳細に述べてみよ」

「……申し訳ございません。よく分からないのです」

　不安に呑まれかけていた私を、ギルベルト様がじっと見つめてくれていた。

「本当に、記憶があいまいなのです。殿下に『婚約を破棄したい、私ではなくララを愛したい』と言われたことは、覚えています。しかし具体的にどのような会話をしたかは、記憶にありません。そのあと私は寝込んでいたようで、目覚めたときに聖痕がないことを確認しました。聖痕をいつ消失したかは、不明です……自分の肌など、常に確認するようなものでもありませんので」

こんなあやふやな話では、疑われても仕方ない。やはり陛下は、私をお咎めになるのだろうか。

私は頭《こうべ》を垂れて、ひたすら陛下の言葉を待った。しかし、長く黙したのちに陛下がおっしゃったのは意外な言葉だった。

「分かった。のちほど、アルヴィンらを問いただすとしよう。――ともあれ、そなたが無事で良かった」

――え？

私の話を、信じてくれるの？　驚いて顔を上げると、陛下は穏やかな顔でうなずいてくれた。

「大聖女としての才能を持つエリーゼが存命であったことは、この国にとって救いだ。聖痕を失ってもなお、ザクセンフォード辺境伯領でめざましい功績を上げ続けているそなたを、余は高く評価している」

安堵感に包まれ、緊張の糸が切れかけた次の瞬間。陛下のさらなる言葉に、私は戸惑うことになった。

「そなたこそが、大聖女としてふさわしい。ララは大聖女の器ではない」

厭《いと》わしげに眉を寄せ、陛下は嘆いている。

「大聖女ララが当てずっぽうな神託を下したせいで、国内の各所に混乱が起きている。今すぐララから大聖女の座を剝奪して、そなたに任せたいくらいだ」

「私を……大聖女に？」

戸惑う私に、国王陛下は身を乗り出して提案してきた。

「聖痕がなくても構わぬ、余はエリーゼ嬢に大聖女を任せたい。ぜひ、引き受けてくれぬか？　その場合には、即座にララを廃妃としよう。アルヴィンの妻として大聖女として、末永くこの国を支えてもらいたい」

――私が王太子妃？　アルヴィン殿下の……妻に？

全身から血の気が引いた。大聖女になってこの国を支えるのは、長年の夢ではあったけれど……それは同時に、王太子妃になることを意味している。

――嫌だ。王太子妃になんて、絶対になりたくない。

「陛下。私は反対です」

きっぱりと。ギルベルト様の声が響いた。

「アルヴィン殿下ご自身が、エリーゼに婚約破棄を申し出たのです。それを反故《ほご》にして無理やりエリーゼを嫁がせるなど、横暴ではありませんか？　エリーゼは陛下の駒ではありませんよ。陛下のご一存で彼女を不幸に陥れるのは、おやめいただきたい」

明確な怒気を孕んだ口調で、ギルベルト様が陛下に文句を言っている。

「ギルベルト様⁉」

いつもはとても礼節正しいギルベルト様が、よりにもよって国王陛下に不平を言うなんて。王命で婚姻や処遇が決まるのは、ありふれたことなのに……！

「国王陛下！　ギル……いえ、レナウ卿の非礼をお許しください！　彼は私に親身になってくれているだけなのです……！」

「何度でも言いますが、私は断固反対です。私は絶対にエリーゼを辺境伯領に連れ帰ります。王太子妃になど、彼女はなりませんよ」

「ギルベルト様‼」

どうなさったの、ギルベルト様⁉　私はすっかりうろたえてしまった。

私たちを興味深そうに眺めていた国王陛下は、やがて大声で笑い出した。

「レナウ子爵、お前がそこまで強情になる姿は初めてだ！　なかなか面白いものを見せてもらった」

いまだ不機嫌そうに眉をしかめているギルベルト様を見て、陛下は意味ありげに目を細めている。

「お前がそれほどまでに気に入っていたとは、思わなかった。ならば奪うのは、いささか酷というものだな。……よし、分かった。大聖女ならびに王太子妃の件は、いったん保留としよう。しかし神託の代行だけは、エリーゼに任せるぞ？　エリーゼ、神託というのは王都でなければ下せないものか？　それとも、どこでもできるものか」

「……場所は問いません。慣例的には教会で行うものとされていますが、実際には心の鎮まる空間ならどこででも可能です」

「ならば、話は早い。エリーゼよ、当面は好きな場所で暮らすが良い。その地でそなたが下した神託を、中央教会へと届けさせよう」

ぽかんとしている私に、国王陛下は重ねて言った。

「クローヴィア侯爵領に戻らずとも良い。王都に引き留めることもしない。聖痕を持たぬそなたを、王家や教会が抱え込むのは不条理といえよう。ゆえに、そなたが望むのならば、ザクセンフォード辺境伯領で引き続き暮らすことを認めよう」

「……本当ですか？」

国王陛下がゆったりとうなずいている。

「……！」

驚いて言葉を失う私の肩に、ギルベルト様がそっと手を置いた。

「約束通りになっただろう？」

心の底から、喜びが湧き上がってくる。膝が震えて、しゃがみ込んでしまった。

「それほどに嬉しいか、エリーゼ。以前とはずいぶん様子が違うようだ……朗らかになったな。アルヴィンには、そなたを支える度量がなかったと見える」

陛下の瞳は、温かかった。これまで幾度もお言葉をいただく機会はあったけれど、今ほど柔和なお顔を見るのは初めてだ。ギルベルト様が同席してくれたことが、何かしらの影響を与えているように思える。陛下は、ギルベルト様に話しかけた。

「レナウ子爵よ、お前と話したい。お前のみ、この場に残れ」

「承知いたしました」

そして私に向き直り、陛下は言った。

「エリーゼ、そなたの無事を聞いてミリアレーナが喜んでいた。そなたと話がしたいそうだ。ぜひ、顔を見せてやってくれ」

ミリアレーナ王女殿下は、アルヴィン王太子殿下の妹君だ。アルヴィン殿下の婚約者にすぎなかった私のことを、彼女は〝お姉様〟と呼んで慕ってくれていた。

陛下が呼び寄せた女官に従って、私は先に退席する。ちらりと振り返り、ギルベルト様を見た。彼もまた、私を見つめてくれている――「あとで迎えに行く」と言われた気がして、私は安心してうなずくと謁見の間から去っていった。

＊＊＊

「――さて、ギルベルト。先日のメライ大森林の魔狼調査では、魔狼の異常増加は見られるものの、決定的な証拠は何も出なかったと聞いている。そこで、お前には新たな調査を頼むとしよう」

　エリィが退出した後、国王は気安い口調でギルベルトに呼びかけた。

「かしこまりました。今度はいずこに参りましょうか」

「クローヴィア侯爵領だ」

　クローヴィア……エリィの生家の名を聞いて、ギルベルトは眉をひそめた。

「今回の調査はお前ひとりでなく、隊を組んで当たってくれ。少々、大がかりな調査になる可能性がある」

「メライ大森林で魔狼が大発生している件に、クローヴィア侯爵が関与しているとお考えですか？」

「まだ分からん。だからこそ、お前に調べてもらう。ザクセンフォード辺境伯にも、手を回すよう伝えてくれ」

　国王は、溜息混じりの口調で言った。

「……血を分けた息子を疑いたくないが。余も、アルヴィンを探るとしよう」

＊＊＊

「エリーゼお姉様！」

私は侍女に導かれ、宮廷内の一室へと通された。ミリアレーナ王女殿下は席を立つと、こちらに歩み寄ってきてくださった。

「お姉様。ご無事で、本当に良かった！　魔獣に襲われてお亡くなりになったと聞いて、わたくしは……」

十四歳の王女殿下は、感情表現が豊かで愛らしい。アクアマリンの瞳を潤ませ、感極まった様子で声を震わせていた。

「ミリアレーナ様。ご心配をおかけして、申し訳ありません」

「お姉様が謝ることなど、何もありませんわ。とてもつらい思いをなさったでしょう。それに……」

うつむいて、彼女は悔しそうに言った。

「兄上がララ様を娶《めと》られたせいで、エリーゼお姉様の居場所がなくなってしまいました。本来ならエリーゼお姉様が、王太子妃兼大聖女となるはずだったのに！　エリーゼお姉様がお亡くなりになったからといって、すぐにララ様を娶るなんて……あまりにも不義理です」

彼女は、私を思い遣ってそう言ってくれているに違いない。でも今の私にとっては、アルヴィン殿下の不義理などどうでも良かった。

心配そうな瞳で、ミリアレーナ王女殿下は私を見上げてくる。

「お姉様はこれからどうなさるのでしょうか？　ご実家にお戻りになるのですか？　それとも、宮廷に？　もし宮廷で暮らされるのなら、お姉様にご不便がないようにわたくしが……」

「ありがとうございます、ミリアレーナ様。でも、私は大丈夫です」

彼女が親身に提案してくれようとしたのを、私は笑顔で遮っていた。

「……大丈夫、というのは？」

「今の私には帰るところがありますので」

ノックの音が響き、侍女に案内されてギルベルト様が入室してくる。彼は王女殿下に一礼すると、ゆっくり私のもとへと歩を進めた。

私は満面の笑みを浮かべ、彼の隣でこう言った。

「ミリアレーナ様。私は今、ザクセンフォード辺境伯領で生活しています。国王陛下のご許可をいただき、今後も辺境伯領に住むことになりました。だから私は、これから帰ります」

ミリアレーナ王女殿下は、私とギルベルト様を交互に見つめて驚いていたようだけれど——。

「よく分かりませんが……お姉様が幸せなら、わたくしはそれでいいですわ」

次にお姉様が宮廷にいらしたら、ゆっくりお話を聞かせてくださいね！　——そう言って、彼女は笑顔で送り出してくれた。

廊下を進みながら、ギルベルト様が私に尋ねる。

「王女殿下との話は、もう済んだのか？」

「はい。ミリアレーナ様は、宮廷内に私の居場所を作ろうと配慮してくださっていました。でも、私の帰る場所は、もうありますので」

私は、帰れる。ザクセンフォード辺境伯領に。ギルベルト様のすぐそばに。

「……夢のようです」

私がつぶやくと、彼は小さなささやきを返した。

「夢なものか。一緒に帰ろう」

「はい！」

嬉しすぎて、彼に飛びついてしまいたかった。ここは宮廷だから、そんな真似は絶対にできないけれど。

ウキウキして、体が軽い。

帰れるんだ——本当に！

大喜びで、彼と並んで回廊を歩いていたそのとき。

「…………エリーゼ！」

「……ララ？」

私は、義妹のララとバッタリ出会った。

「「…………」」

お互いに言葉を失う。ララは、私が生きていることが信じられないとでもいう様子だった。

そして私は——。

「あなた……本当にララなの？」

目の下に濃いクマを作り、病人のような顔色で背を丸めて歩いていたララ。いつも身綺麗にして艶《あで》やかに笑っていた彼女の変わり果てた姿を見て、私は愕然としてしまった……。

❄　――――――――　❄　――――――――　❄

■「どうして、あんたが幸せなのよ……⁉」

――義妹／大聖女　ララ・ヴェルナーク

なんでエリーゼが生きてるの⁉　わたしは完全に混乱していた。

エリーゼは死んだはずなのに。魔狼に襲われて、行方不明になったと聞いた。捜索隊が森に入っても死骸を見つけることはできず、森の奥深くに引きずり込まれて喰われたんだろうと言われていた。

なのに。どうして宮廷にいるの？　どうして綺麗なドレスを着て堂々と立っているの？　どうして幸せそうなの？　……エリーゼの隣にいる、銀髪の男は何者なの？　黄金の瞳で、鋭く私を見据えているその美しい男は一体、誰？

何もかも分からず、わたしはワナワナと唇を震わせていた。

「お久しぶりでございます。王太子妃・ララ妃殿下」

礼儀正しくカーテシーをするこの女は、間違いなくエリーゼ・クローヴィアだった。

わたしの、義理の姉。わたしがすべてを奪って引きずり落としたはずの、惨めなエリーゼ……。

「あんた、死んだはずじゃあ……」

「あら。ご覧の通り、私は生きておりますわ」

美貌に冷たい敵意を乗せて、エリーゼは穏やかな笑みを浮かべている。

「いろいろございましたが、この通り息災です。ララ妃殿下もお元気そうで何よりです」

「っ……！」

なによ、その取り澄ました態度。わたしが大嫌いでたまらない、その態度。あんた、わたしを馬鹿にしてるのね？　毎日毎日、無能呼ばわりされて、疲れて醜くなってしまったわたしを。

「ふ、ざけないでよ……！　生きてたんなら、どうしてお父様とお母様のもとに帰らなかった訳？　行方不明になったあんたのせいで、わたしたちがどれだけ迷惑をかけられたと思ってるの？」

あら。と、冷たい美貌でエリーゼは首を傾げている。

「私が死のうと生きようと、あなた方にはどうでも良かったのではありませんか？　私は不出来で、氷のようで、誰からも必要とされないひとりぼっちな人間なのだと……あなた方がおっしゃったでしょう？」

「うるさいわね！　口答えするんじゃないわよ、わたしを誰だと思ってるの⁉　王太子妃よ？　いずれこの国の王妃になる、この国で一番高貴な女なのよ？　あんたなんか、いつでも首をはねてやれるんだから……！」

わたしが脅しつけても、エリーゼは眉ひとつ動かさない。隣の男と並んで、哀れな動物を見つめるような目で静かにわたしを眺めている。許せない、許せない許せない！

「あんた、わたしを舐めるのも大概にしなさいよ！　王太子妃の命令よ、今すぐクローヴィア侯爵領に戻りなさい！　あんたみたいな出来損ないは、お父様とお母様の監視がないとろくでもないことをしでかすに違いないわ‼」

「承知しかねます。私は二度とクローヴィア侯爵領には戻りません。国王陛下より、承認をいただいております」

毅然《きぜん》としたエリーゼの態度に、わたしは逆上した。

「ふざけんな、このクソ女！」

エリーゼの顔に爪を突き立てようとして、わたしはエリーゼに飛びかかった。でも、エリーゼを傷つけることはできなかった。

エリーゼを守る騎士のように、銀髪の男が身を滑り込ませてきたからだ。長身のその男は、わたしがぶつかってもびくともしない。

「お下がりくださいませ、王太子妃殿下」

男は、汚らしい物を見やる侮蔑の眼差しで、わたしを見下ろしている。この男がエリーゼを愛しているのだと、そしてわたしを殺したいほど憎んでいるのだと、よく分かった。

無言の殺意に打ちのめされたわたしは、へなへなと膝から崩れ落ちた。視界に入れるのさえ煩わしいといった様子で男はわたしに見向きもせず、エリーゼに呼びかけていた。

「行こう、エリィ」

「はい」

エリーゼは男を愛おしげに見上げ、男の腕にそっと手を添えてわたしの横をすり抜けていく。

「ごきげんよう。ララ妃殿下」

ふたりは相思相愛の恋人のように寄り添い合って、わたしから遠ざかっていった。

＊

「あぁあああああああああ！！！」

　わたしは怒りに任せて、自分の部屋の調度品を次々と床に投げつけた。ガシャン、ガシャンとヒステリックな音を立てて、ガラスも陶器も形を失っていく。侍女が青ざめてわたしを止めようとした。

「ララ様、どうか落ち着いてくださいませ！」

「うるさい！　わたしに命令するんじゃないわよ!!」

　黙れ。ふざけるな。どうして何ひとつ、わたしの思い通りにならないの!?

　息が苦しい。胸がじくじく痛い。――左の胸が、おかしい。

　左胸がじくりと痛んだ。傷が化膿《かのう》したような、じくじくという不気味な痛みだ。ふと不安になり、わたしは自分の襟を解いて胸元を露わにした。

「………ひっ」

　異変が起きていた。

　左胸に刻まれていた赤バラに似た聖痕が、濁った黒へと変色していたのだ……。

❄――――――――――――❄――――――――――――❄

■アルヴィンとララの決裂

――王太子　アルヴィン・エルクト・セラ＝ヴェルナーク

僕は苛立っていた。国王陛下である父上が、僕を疑っているからだ。

つい先ほど、僕は父上に呼びつけられた。

「アルヴィン。お前はクローヴィア侯爵邸で、エリーゼに婚約の破棄を迫ったそうだが、それは真実か？」

――死んだ女のことなんて、なぜ今さら話題にするのだろうか？　内心ではいぶかしみながら、僕は涼やかに笑ってみせた。王太子たるもの、心の中を隠して顔に笑みを浮かべるくらいは簡単だ。

「父上、何をおっしゃっているのでしょうか？　エリーゼとのことは、すでにお伝えした通りです。……数か月前、僕はクローヴィア侯爵より『長女エリーゼの聖痕が消え、次女ララに聖痕が現れたようだ』と連絡を受けました。聖痕騒ぎの前後から、僕はエリーゼとはまったく会っていません。エリーゼはすでに精神を病んでおり、療養に入るのだとクローヴィア侯爵より聞かされていました」

父上は、無感情な視線を僕に向けている。

「その後も、すでにお伝えした通りです。次女ララの聖痕が本物であることが中央教会で証明されたため、国法に従いララが僕の妻となりました。父上もご承認いただいたはずですが？」

「そうだ。長女エリーゼが死亡し、次女ララが聖痕を宿しているのであれば、ララを王太子妃にするより他にないからな。だがそれは、お前の話に嘘偽りがなければという前提だ」

父上が、底冷えのする青い瞳で僕を見据えた。

「聖痕が他人に移り変わるなど、ほとんど前例のない異常事態だ」

「まったく前例がなかった訳ではありません。王家の年代記には、千年以上前の古王家にて数例の聖痕移動があったことが記されております。もちろん、父上もご存じのはずですが」

父上は視線を切らず、ずっと僕を見つめていた。僕を疑っているのは、明らかだ。

「アルヴィン。エリーゼの聖痕消失に、お前がなにか関与していたのではあるまいな？」

——来た。

即座に否定してはならない。うろたえるのも、無反応すぎるのもダメだ。自然な感じで、少し戸惑った感じにするのがちょうどいい。

「……父上のおっしゃることが、僕には理解しかねます。一体どうやって、僕が聖痕に関与できるというのですか？　僕に魔法の心得はありませんし、そもそも聖痕をどうこうする方法など、あるのでしょうか？」

父上は口をつぐみ、それ以上責めてこなかった。僕は内心、安堵した。

聖痕を奪って他の女性に移し替える魔導具が古代に実在していたことを、知っているのは僕だけだ。そして僕が古代魔導具を復元してエリーゼの聖痕を奪ったのだということも、父上は知らない。

「まぁ、良い。ともかく今のお前が為すべきことは、王太子妃の教育だ。国母となるララがあのように教養のない女だと、臣下の反感を招くからな。幸い、大聖女の神託については、今後はララに任せる必要がなくなった。国中の混乱も、徐々に沈静化していくだろう」

「……と、言いますと？」

「エリーゼが生きていたのだ。聖痕を失ってもなお、エリーゼは持ち前の才能と経験を活かして活躍していた。だから今後は、大聖女の実務の代行をエリーゼに任せることとした」

エリーゼが生きていた⁉　驚きのあまり、顔がわずかに引きつってしまった。

そんな僕を見て、父上が意味ありげな口調で尋ねてくる。

「なんだアルヴィン、その顔は。元婚約者が生きていると、何か困ることでもあるのか？」

「いえ……」

「もう、良い。話は済んだから下がって良いぞ」

父上に言われるままに、僕は謁見の間を後にしたのだった。


——まさか、エリーゼが生きていたとはな。

当初は監禁予定だったエリーゼが、魔狼に喰われて死んだと聞いていたから好都合だと思っていたのに。まさか、無事だったなんて。

僕が聖痕を奪ったことを、エリーゼは覚えていないはずだ——『聖痕移動の古代魔導具』の効果で、記憶が残らないようになっている。

しかし、もしエリーゼが思い出したら、僕の身が危ぶまれる。

僕はあの古代魔導具を作るために〝禁忌〟を犯した。それを父上に知られたら、僕の身分が……………。

　焦りと恐怖感で心を乱していたそのとき、ララの侍女に呼び止められた。

「アルヴィン殿下！」

「……何用だ。僕は忙しいんだが」

「ララ様が、アルヴィン殿下をお呼びです!!　急いでお越しいただきたいのです」

ちっ。ララの奴、またヒステリーを起こして僕に甘えようとしているのか！　あんな頭の悪い女に、聖痕を与えたのが間違いだった。

「僕にはそんな暇はない。失礼する」

　冷たく言い放って立ち去ろうとしたが、侍女は引き下がらなかった。

「ララ様は、絶対に殿下をお連れするよう仰せです。『もし来なかったら、聖痕のことをバラす』とのことでしたが……？」

「……なに？」

　あの女、何を考えているんだ!?　よりにもよって、『聖痕のことをバラす』だと？　バレたら自分も無事では済まされないのに、理解できていないのか!?

　妻にするならエリーゼみたいな生意気女より、無知なララのほうが従わせやすいと思っていたのに。どうやらララは、頭が悪すぎたらしい。イライラしながら、僕はララの部屋に向かった。

「おい、ララ！　一体なんの用だ！　僕はお前なんかに構ってる暇は……」

「アルヴィンさま‼」

だらだらと涙を垂らし、真っ青な顔でララは僕に縋りついてきた。美しさのかけらもない、惨めな姿だ。ドレスもぐちゃぐちゃに着崩して、胸元まで大きく開いてしまっている。

「聖痕がおかしいの！　見て」

ララは左胸の聖痕を僕に見せた。赤いバラのように美しかったはずのアザが、腐ったような黒に変色している。……どういうことだ⁉

「すごく痛いの！　なんとかしてよ！　アルヴィンさまがくれた聖痕なんだから‼」

「おい、黙れ……」

聖痕を移動させたことは、絶対に言ってはいけない秘密だと教えていたのに。ララはパニックに陥っていて、僕の制止に従おうとしない。

「アルヴィンさまが作った魔導具、壊れてるんじゃないの⁉」

「黙れ！」

頭の中がぐちゃぐちゃになってきた。愚かなララにも、腐りかけている聖痕にもイライラする。何が起きている？　僕が再現した古代魔導具が、作り間違えていたとでもいうのか？

「……う、うるさい！　僕に間違いなどあるもんか!!」

僕はララを振り払い、きっぱりと言い放った。

「ララが無能すぎたのが悪いんだ！　きっと、お前みたいな無能な女に耐えきれず、アザが拒否反応を示しているんだ！」

「なんですって⁉」

ララが、憎悪をたぎらせて睨みつけてくる。なんておぞましい顔なんだ……醜い、どうしようもない！

「僕の計画の邪魔をするな！　お前がきちんとしていれば、聖痕だって元に戻るはずだ。僕の妻であり続けたいと思うのなら、もっと王太子妃らしく振る舞え！　聖痕移動のことも魔導具のことも、もう二度と言うな!!　おかしな発言をこれ以上くり返すなら、お前を療養所にぶち込むぞ」

僕はララを突き放して、部屋を出た。

＊＊＊

「あぁあああああああ！！！」

ひとりきりになった部屋で、ララは癇癪《かんしゃく》を起こして暴れた。

部屋の外で控えていた侍女が、慌てて駆け込み、ララをなだめようとする。

「今すぐ、お父様とお母様を呼びなさい！」

ララは侍女にそう命じた。

「アルヴィンなんて、役に立たない!!　私を愛してくれてるのはお父様とお母様だけなのね。……お父様たちなら、全部なんとかしてくれる！」

頭を掻きむしりながら、喉が張り裂けそうな声で喚き続ける。

「許せない、わたしだけこんな目に遭うなんて許せない！　全部エリーゼがいけないんだ。エリーゼがわたしにアルヴィンなんかを押し付けて、自分だけいい男と幸せになっちゃって……。エリーゼの大事なものは、全部ぐちゃぐちゃにしてやる!!」

❄ ——— ❄ ——— ❄

■幸せに酔う

馬車の中。ささやくように、あなたの名を呼んでみた。ふたりきりのときだけ呼ぶと決めた、特別な呼び方で。

「――ギル」

思えば、星空の下で呼びかけたときを除けば、〝ギル〟と呼ぶのはこれが初めてだ。

「……どうした？」

金色の美しい瞳が、そっと私を見つめてくれる。私は、言い知れない安堵感に包まれて唇を綻ばせた。

「馬車が、ザクセンフォード辺境伯領に入りましたね。……本当に戻ってこれたんだと思ったら、ようやく肩の力が抜けました」

王都から辺境伯領へ戻る数日の旅程は、滞りなく進んだ。とうとう辺境伯領に戻ってこられたのだと思うと、涙が出そうになってくる。

「途中で連れ戻されるとでも思っていたのか？」

苦笑しているギルに、私は正直な気持ちを漏らした。

「はい。『やっぱりこのまま王都にとどまって、大聖女ララの代わりをしろ』とでも命じられるのではないかと」

「大丈夫だ。陛下は、そんな横暴はしない」

もちろん私も、陛下のご人徳は理解しているつもりだ。……でも。

「でも、私が王都で働くほうが、国王陛下や中央教会にとっては都合がいいかと……。

私ひとりの我が儘を通して遠方の辺境伯領に住まわせてくれるメリットなんて、彼らにはありませんから」

「エリィひとりの我が儘じゃない。どちらかというと、俺の我が儘だ」

さらりと言ってのけるあなたの言葉に、私の胸はさらに熱くなる。

「ギルが国王陛下と懇意にしているなんて、知りませんでした。私を連れ戻してくださって、……ありがとう」

真っ赤になってつぶやくと、ギルは少し言葉に詰まっていたけれど。

「俺はただ我が儘を通しただけだ、感謝には及ばない」

そう言って、彼はそっと私の頬に触れた。

――あったかい。このままずっと触れられていたい。あなたの隣であなたの声を、いつまでも聞いていたい。

どれくらいの時間、互いに見つめ合っていただろう。やがてギルは、私の頬からそっと手を放した。馬車の窓から、騎士団本部の遠景が見えている。

「さあ、もうすぐ到着だ。明日からはまた仕事が忙しくなる」

窓の外へと目を馳せて、ギルは穏やかに笑っていた。

私は本当に、幸せ者だ。

「「「おかえり、エリィちゃん！　……………と、団長！」」」

温かく迎えてくださる、騎士団の皆さんがいる。ギルと相談した結果、私は自分の素性を皆さんに明かすことにした――私が侯爵家の人間だということ、かつては大聖女になるはずの人間だったこと。

皆さんはとても驚いていたけれど。意外にも、すんなりと受け入れてくれた。

「団長はいつも俺らの予想なんて上回っちまいますからね。今さら、ちょっとやそっとじゃ驚きません」

「むしろそれくらいの娘じゃなきゃ、団長に釣り合いませんよ」

「エリィ、あんたが今まで通りでいいって言うんなら、あたしらもこれまで通りにさせてもらうからさ。これからもよろしくね」

私を受け入れてくれる場所がある。仲間として扱ってくれる皆さんがいる。自分の得意を活かして貢献できる仕事を、今後は堂々と行うことができる。……大好きな人の、すぐそばで。

「……エリィ？　なぜ泣いているんだ」

「幸せだからです」

気遣わしげに私を覗き込んできたギルに、私は心からの笑顔でそう答えた。

私は、自分の気持ちをようやく認めることができた……私はあなたが、大好きなのだ。

尊敬でも恩義でもない。この〝大好き〟は、絶対に恋に違いない。

＊

その日の夜は、宴会だった。宴会場は騎士団本部の大食堂で、飲めや歌えやの大騒ぎになっている。

定期的な慰労会という名目だったけれど、実際には私の帰還を祝う会だったらしい。

「エリィちゃん、お帰り！」

「これからもよろしくな！」

「ほらほら、主役のあんたが雑用なんかしなさんな。主役席にどっかり座って飲み食いしてなよ」

……という具合で皆さんが私を気にかけてくれるし、ギルも当然のように私を主役扱いしてくれたから。

でも、団長を差し置いて私がチヤホヤされるのって、良くないんじゃないかしら。

と不安になって副団長のダグラスさんにこっそり尋ねたのだけれど……。巨大な熊のように大柄なダグラスさんは、身をかがめて私にこっそり教えてくれた。

「辺境騎士団の総力をあげてエリィさんを徹底的に喜ばせよ、との団長命令ですのでお気遣いは無用です。……おっと、今のは機密事項ですので、どうかご内密に」

とのことだ。生真面目一徹のダグラスさんが言うのだから、事実なのだろう。

それなら、お言葉に甘えて楽しませてもらおうと思った。社交場以外のパーティなんて、生まれて初めてだ。皆さんに囲まれて、気を張らずにたくさん笑いながら料理を楽しむ。皆さんが気さくに笑って、私にお酒をすすめてきた。

「エリィちゃん、酒は飲める口？」

「ええ。たしなむ程度ですが、実はけっこう興味があります」

王太子の婚約者という立場上、社交場でお酒を交える機会は何度もあった。社交場で表明することは決してなかったけれど、実はかなりお酒に興味があったりする……。

「良かった！　じゃあ、これ飲んでみたら。この土地の特産品なんだ」

向かいの席に座っていたマーヴェさんが、上機嫌でお酒の瓶を見せてきた。

「おいしそうですね」

「絶品だよ！」

隣の席のローウェルさんも、おいしそうに飲みながら言った。

「アルドニカって酒なんだけど、ここいらじゃあ、祝いの席で必ず出るんだ」

「へぇ。縁起物なんですね」

私の帰還を祝う意味合いもあるのだろうか。そう思うと、なおのこと飲んでみたくなってきた。

　社交場でお酒をいただくときは、口を付ける程度で我慢していた。……酔っぱらって無様な姿を晒すことなんて、絶対に許されなかったから。

　でも、今日の宴会なら、少しくらい酔っても皆さん笑って許してくれる気がする。

「……私も、いただいていいですか？」

「もちろん！」

「甘味づけしてあるから口当たりがいいよ！」

　グラスに注いでもらったアルドニカを、私は興味津々で見つめていた。緑色をした、ハーブの香りが豊かなお酒だ。

「……いい香り」

　ちょっぴり、口に含んでみた。たった一口だけなのに、口腔いっぱいにアニスとヨモギの香りが広がる。苦みを伴う芳醇《ほうじゅん》な甘みに、ほぅ、と小さな溜息がこぼれた。

「とてもおいしいです」

「だろ？」

「クセになるんだよ、これが！」

　周囲の騎士たちも、会話に加わってきた。

「お。エリィちゃんもイケる口か？」

「よし、今日はパーッといこうぜ」

こんなに賑やかなパーティは、生まれて初めてだ。

「けっこう強い酒だから、つまみも食べな？　ほら、これ。二枚貝の蒸し焼き」

「二日酔いにも効くぜ？」

「へぇ……勉強になります」

なんだか、頬が熱くなってきた。まだ少ししか飲んでないけど、もしかしてちょっと酔ってきたのかも……。

「エリィちゃんの飲み方、子猫みたいだな」

「へ？　……私、へんな飲み方してますか？」

「いやいや。すげーかわいい。惚れそう」

「お前、あとで団長に殺されるぞ」

わいわいがやがやという喧騒《けんそう》が、目の前で聞こえるような。どこか遠くで響いているような……。ちょっと、視界がぼやけてきた気がする。

「エリィちゃん、ちょっと酔ったか？　無理すんなよ？」

「そうだぜ。かなり度数高いから、うっかり飲みすぎると――」

だいじょうぶです。まだ、数口しか飲んでませんし――と、言おうとしたけどむりだった。頭の中が白くなる。

ぐにゃっと世界が大きくゆがんで、あとはぜんぜんわからない…………。

「エ、エリィちゃん⁉」

「大変だ！　エリィちゃんがぶっ倒れたぞ‼」

たおれた？　……だれが…………？

❄　――――――――――――――――――――――――――――――――――　❄　――――――――――――――――――――――――――――――――――　❄

■君にふさわしい者

――魔狼騎士　ギルベルト・レナウ

屋上に出て夜風に当たっていた俺は、「エリィちゃんが倒れたー！」という叫びを聞いて血相を変えた。宴会場に駆け込むと、エリィが床に倒れ込んで、周囲が慌てふためいていた。

「どうしたエリィ⁉」

エリィのもとに駆け寄り、愕然とする。彼女の顔は真っ赤に染まり、全身の力が抜けきって、くてんとしていた……完全に泥酔状態だ。

「おい、貴様ら！　なぜこんなに酔うまでエリィに酒を飲ませた⁉」

「す、すみません団長‼　アルドニカをすすめたんすけど……まさか、こんな少し飲んだだけで倒れるなんて」

「アルドニカ？　そんな強い酒を飲ませるんじゃない！」

怒鳴りつけても、もう遅い。自分がエリィから目を離していたのがいけなかったのだと、俺は自分の判断ミスを悔いた。

今までずっとひとりぼっちで生きてきたエリィに「自分には仲間がたくさんいるのだ」と実感してもらいたかった――だから今日は、「騎士団総出でエリィをもてなしてくれ」と俺が彼らに頼んでいたのだ。

団長である自分が見張っていたら、エリィが遠慮して騎士たちと談笑できないだろう。だから俺は、敢えて傍観者の立場でいようと決めていた。ついでに言えば、自分以外の男がエリィと親しく話す場面を見るのは不快だし、うっかり男どもを殴り倒してしまいそうだから外に出ていた……というのも本音ではある。

「くそっ。お前たちが羽目を外しすぎる可能性を、きちんと考慮しておくべきだった！」

そう毒づいて、酔ったエリィを抱き上げた。とろんとした上目遣いで、エリィがこちらを見つめている。

「あぅ……リルレルトさま……？」

「完全に呂律《ろれつ》が回っていないな。今すぐ部屋で休め」

「いえ……らいりょうぶれす……」

大丈夫です、と言いたいらしい。

エリィはそのまま、俺に身をゆだねてくぅくぅと寝息を立ててしまった。

「寝てしまったのか。……お前たち、後で覚悟しておけよ」

魔獣もかくや、という鋭い目で部下たちを睨みつけ、俺はエリィを抱き上げた。宴会場を出て、騎士団本部の裏手にある寄宿所へと歩を進める。

エリィの部屋までたどり着き、彼女の華奢な体をベッドにそっと横たえた。

「ほら……大丈夫か、エリィ」

頬を上気させ、「ん……」と小さな息を漏らして浅めの呼吸をくり返している彼女の寝姿は、小動物めいて愛らしい。……だが同時に、男を惑わせるような悩ましい色香を放っていた。

（……っ、バカか、俺は）

自分を律して視線を切り、平静な声でつぶやいた。

「もう酒は飲むなよ？　ともかく、よく休め」

溜息をついて踵《きびす》を返そうとしたのだが、ふいに衣服の裾に抵抗を感じた。

「？　……エリィ？」

エリィが寝転がったまま、俺の裾を摑んでいる。頰を上気させた彼女は、さみしそうな顔で俺を見上げていた。

「ギル。待って、いなくならないで……」

「何を言ってるんだ、君は」

酒に酔っているためか、口調からして普段と違う。目が潤んで泣き出しそうなのも、甘えん坊の子供のような態度になっているのも、酒が原因に違いない。

「ひとりぼっちにしないで。すごく寒いの。……こわいの」

エリィはまるで、幽霊に怯える幼子のようだった。「ともかく寝ろ」と言い放って部屋を出てしまえばいいと分かっていたのだが……結局は判断に迷いが生じて、彼女が寝付くまで隣にいてやることにした。

「ほら。しばらくいるから、安心して寝ろ」

「だめ。朝までずっといっしょにいて」

甘えん坊がすぎて、庇護欲が抑えきれなくなりそうだ。

エリィの豹変《ひょうへん》ぶりに戸惑いながらも、俺は引っ張られるまま、ベッドの端に腰を下ろしていた。

「ん……よいしょ」

「⁉　こら、エリィ！」

何を考えているのか、エリィはよろよろしながら俺に這いよって、俺の膝に頭を乗せた。いわゆる、膝枕という形だ。やがて、エリィはとても残念そうな顔で文句を言ってきた。

「おひざがゴツゴツしてて固い……。おかあさまのは、もっと柔らかかったのに」

「当たり前だろうが」

軍人と貴婦人の膝を、一緒にされては困る。

「ほら、さっさと降りてくれ、エリィ」

しかしエリィは身を起こすと、俺を押し倒すようにして勢いよく飛びついてきた。

「――――っ？」

何が起きたか一瞬、理解が遅れた。俺は天井を仰いで寝転び、俺の胸にはエリィが縋りついている。エリィは俺の腕に頭を乗せて腕枕の形をとると、そのまま身をすり寄せてきた。長いまつげの一本一本がはっきりと見え、上気した頬がこんなにも近い。直《じか》に感じる彼女の鼓動に、重なり合いそうな吐息に、心が乱れた。

「何を」

しているんだ、と問いかけようとして、しかし言葉を呑み込んだ。エリィの顔が、あまりに寂しそうだったからだ。

彼女は儚《はかな》げな美貌でじっと俺を見つめていたが、やがて安堵の笑みを咲かせた。

「……あったかい。ギルは、いつもあったかい。…………ずっといっしょにいてね」

笑顔とは裏腹に、彼女の声はやはり寂しそうだ。

「ひとりだと、寒くなるの。いつもね、ひとりぼっちでいると、……いつか、全部なくなっちゃう気がしてこわくなるの。今はすごく幸せだけど、いつか全部なくなっちゃうと思う…………」

笑顔はいつの間にか、泣き顔に変わっていた。

「私……ギルと帰ってこれてよかった」

俺の胸に顔を寄せ、エリィは泣きじゃくり始めた。

「二度と帰れないとおもった。……こわかった。でも、いつかまた、ひとりぼっちになっちゃうとおもう…………」

ぐすん、ぐすんとエリィは嗚咽《おえつ》し続《つづ》けている。

「ほんとは、わかってるの。自由でいられるのは……たぶん今だけ。いつか、終わっちゃう。ギルとは、……さよならしなきゃいけないの」

「大丈夫だ。落ち着け、エリィ」

俺は思わず、エリィの頬に触れていた。

「エリィは絶対に、ひとりぼっちにはならない。俺がそんなことはさせない。……ずっと一緒だ。だから泣くな」

幼子をなだめるように、彼女の髪をそっと梳く。柔らかな月影色の金髪が、指の隙間を流れていった。

「君から何かを奪おうとする者がいるのなら、俺は必ず君を守る。俺が君のそばにい続ける資格がないというのなら、必ず君にふさわしい人間になってみせる。だから、泣くな。……俺はエリィに、いつも笑っていてほしい」

エリィは、とろりとした目で俺を見つめた。

「どうしてギルは、私に優しくしてくれるの？」

愛でなければ、なんだというのだ。

しかし、伝えられるはずがなかった。今、正直に思いのたけを伝えてしまえば、エリィが苦しむことになる。

俺が答えに詰まっているうちに、エリィは寝息を立て始めた。今度は深い眠りに落ちたらしい。すぅ……すぅと、どこか安心しているような寝顔だった。

「……子供みたいだな」

俺は、思わず苦笑していた。だが、彼女の寝顔を見つめるうちに、どうしようもなく切ない心情になってくる……エリィが幼少期からこれまで、どんな生活を強いられてきたのかと思うと、なおさらだ。このか細い体で、今までどれだけの苦しみに耐えてきたのだろう——ずっと、ひとりぼっちで。

宮廷で、エリィの義妹にして現王太子妃のララに遭遇した。ララを見た瞬間、俺は喉輪を絞め上げたくなった。あの浅ましい女やクローヴィア侯爵に、エリィはこれまでさまざまなものを奪われてきたのだろう。だからエリィは、いつも孤独に震えているのだ。

国王陛下の采配ひとつで、エリィの生き方は決まる。そのことも、エリィを怯えさせる要因のひとつであるのは間違いない。エリィの処遇はいったん保留となったが、それはあくまでも一時的なこと。一生、このまま自由でいられる訳がない。大聖女に匹敵する能力を持ち、侯爵家という高貴な家柄でもある彼女は、いずれは国王の采配で相応の身分の男のもとへと嫁がされることになる。……国法に則《のっと》れば、王太子アルヴィンのもとに。

「……子爵位の俺ごときでは、エリィを娶ることなど許されない」

俺は騎士団長の任を預かってはいても、所詮は一代子爵。出自を伏せられ、異民族奴隷の母から生まれた俺ではエリィの夫にはなれない。

……だから、状況を変えなければならない。

天井を睨みながら、俺は長い息を吐き出した。この先に、どんな困難が待っていようとも。必ず、やり遂げてみせる。

「すべてが首尾良く進んだら、君に想いを伝えよう。……どうか、それまで待っていてほしい」

そうつぶやいて、俺は腕からエリィの頭を下ろそうとした――だが、やはりやめた。

彼女には、安心して眠っていてほしい。

朝までいて、と請われた。だから、エリィの希望を叶えたい。

「……君が俺を必要としてくれるのならば。俺は、君にふさわしい者となろう」

俺はそのままエリィの髪を梳き、眠る彼女を見守り続けた。

❄　――――――――――　❄　――――――――――　❄

■「覚えていません……」

夜明け前。ふと目を覚ました私は、悲鳴を上げていた。

「ッ、きゃぁああ――――――――――ッ!?」

腕枕を。腕枕をしてもらっていた……ギルに！

銀色の長いまつげを伏せて眠っていたギルは、私の絶叫で目を覚ましたらしい。

「……おはよう、エリィ。ニワトリの鳴き声にしては変わっていると思ったが、今の鳴き声はエリィのか？」

跳ね起きて口をぱくぱくさせている私を見て、ギルはおかしそうに笑みを漏らしている。

「体の具合はどうだ？」

「え？　あの……。え？」

これは、どういう状況なのだろう。

どうしてギルが、私の部屋に？　なんで私は、腕枕なんてしてもらっていたの？

「覚えていないのか？」

ギルは説明してくれた——昨日、私がお酒を飲んで倒れてしまったことを。

ぐでぐでに泥酔していた私を、ギルが運んでくれたことを。

私が彼に、膝枕や腕枕をせがんでいたことを。

……ギルにそんなお願いごとをするなんて、我ながらどうかしている。

「あぁ……私ったら、なんて破廉恥なことを……」

「破廉恥？」

ハハハ。と、こらえきれなくなった様子で、ギルは声を立てて笑い始めた。

「ギル……もしかして一晩中、腕枕していてくれたのですか？」

「あぁ。そのように求められたからな。だが、こんな固い腕で、本当に休めたのか？　寝心地が悪くて首が痛んでいるのではないかと思うと、気がかりだ」

「いえ。こんなにぐっすり眠れたのは十数年ぶりでした……。でも、ギルはつらかったでしょう？　一晩中だなんて……腕がしびれましたよね……？」

「君の頭くらい、支えられなくてどうするんだ。軍人を舐めてもらっては困る」

ギルは、笑いながら立ち上がった。

「今度から、酒には気をつけろよ」

「二度と飲みません……」

「飲むなとまでは言わないが。……他の男の前では、絶対にやめておけ」

ずっと愉快そうに笑っていたギルが、わずかに眉をひそめて私に忠告してきた。

それもそうよね、こんな醜態を晒しても笑って許してくれる心の広い人は、ギル以外には絶対にいないわ。本当に、ギルは優しい。

「酒には飲み方があるんだ。……今度俺が教えてやるから、それまでエリィは禁酒だ」

言い聞かせるようにそうつぶやくと、彼は自分のおでこを私のおでこにコツン、とぶつけて覗き込んできた。

「っ……。ギ、ギル？」

真剣な表情をした彼の美しい顔が、金色の瞳が、唇が、私の目の前にある。このまま重なり合ってしまいそうなほど、すぐそばに。

「分かったな？」

「かっ、かか、かしこまりました」

私の答えに満足したのか、彼は扉のほうに向かった。

「俺はこれから仕事だが、君はどうする？　もし二日酔いがあるなら、休んでもいいぞ」

「二日酔いなんか、休む理由になりません。皆さんに失礼です」

そうか。と軽く笑ってギルは扉を開く。

「それでは、今日もがんばってくれ」

――ぱたん。

扉が閉まったあと、私はベッドに寝転がって頭を抱えた。

「……私ったら。ギルになんてことを…………」

火が出そうなほど顔を熱くして、ひとりで羞恥に悶《もだ》え続《つづ》けていた。

*

ギルが部屋を出たしばらくあとに、私は自分の体の異変に気づいた。

仕事の前に、着替えていたときのこと。自分の左胸にぼんやりと、赤いバラに似たアザが浮かび上がっていることに気づいた。

「……聖痕が！」

「聖痕が……どうして、今さら？」

私の聖痕は失われ、代わりに義妹のララが聖痕を宿していたはずなのに。どういうことなのだろう。

私はとても怖くなった。もし、聖痕が戻ったことがバレたら、私は名実ともに大聖女の役目を任されることになるだろう。そんなことになったら……。

私はもう、ギルのそばにはいられない。今すぐに、アルヴィン殿下のもとに嫁がされてしまうかもしれない。

——黙っていなきゃ。絶対に、誰にも知られないようにしなきゃ。

私は必死に息を整えながら、急いで服を着た。左胸のアザなんて、黙っていれば絶対誰にも見つからないはずだ。

こんなこと……ギルにも、絶対に言えない。聖痕のことは……私ひとりの秘密にしなくちゃ……。

何度も深呼吸をして、私は自分にそう言い聞かせた。

［2巻へ続く］

<初出>
本書は、2022年にカクヨムで実施された「第8回カクヨムWeb小説コンテスト」恋愛（ラブロマンス）部門で《特別賞》を受賞した『婚約破棄と同時に大聖女の証を奪われた『氷の公爵令嬢』は、魔狼騎士に拾われ甘やかに溶かされる』を加筆・修正したものです。

◇◇メディアワークス文庫

氷《こおり》の侯爵令嬢《こうしゃくれいじょう》は、魔狼騎士《まろうきし》に甘《あま》やかに溶《と》かされる

越智屋《おちや》ノマ

2024年1月25日　初版発行

発行者　山下直久
発行　株式会社KADOKAWA
〒102－8177　東京都千代田区富士見2－13－3
0570-002-301（ナビダイヤル）
装丁者　渡辺宏一（有限会社ニイナナニイゴオ）
印刷　株式会社暁印刷
製本　株式会社暁印刷

●お問い合わせ
https://www.kadokawa.co.jp/（「お問い合わせ」へお進みください）
※内容によっては、お答えできない場合があります。
※サポートは日本国内のみとさせていただきます。
※Japanese text only

※定価はカバーに表示してあります。

Printed in Japan
ISBN978-4-04-915301-9 C0193

メディアワークス文庫　https://mwbunko.com/

本書に対するご意見、ご感想をお寄せください。

あて先
〒102-8177　東京都千代田区富士見2-13-3
メディアワークス文庫編集部
「越智屋ノマ先生」係

◇◇◇